# 香名とともに泣いて笑って23年

Fujii Yoko
藤井 洋子

文芸社

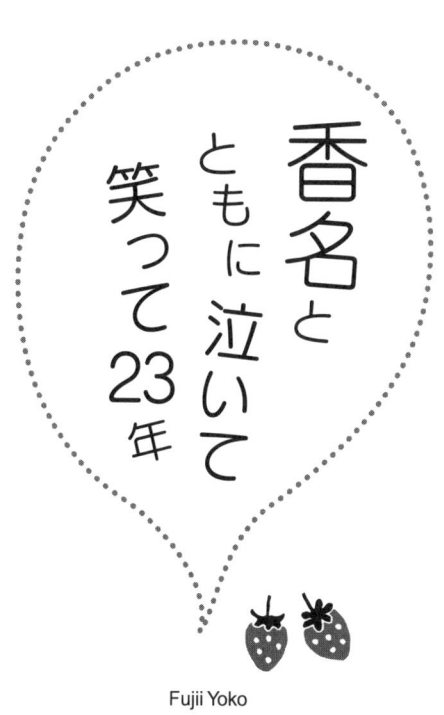

1988年（昭和63年）7月23日、3人目の女の子が生まれた。名前は香名と付けた。

元気に生まれたと思ったが、何となく他の子供と比べると遅れているような気がする。「1歳半の健診で様子をみましょう」と保健師には言われた。3歳の健診で、やはり遅れがあるとのことだった。病院での検査の結果、染色体異常（トリソミー）知的障害があるとわかった。でも元気そのものだった。

地元の保育所に行っていたが障害がわかったので、「花咲園」という施設に3年弱通う。でも元気そのもので、5歳になったとたん言葉も出てきて話もよくするようになり、小学校は休むことも少なく、地元の小学校に6年間通った。中学校も地元に通った。入学して1年の時に、お友達とのトラブルで休みたくないけど休ませることになった。

小学校5年生の時に2、3回全身けいれんがあり、検査の結果てんかんの発作であることがわかった。セレニカRという薬を少し飲んで発作は治まっていた。

何も問題なく普通の生活を送っていた。

中学3年の4月頃、首がカクンとなる発作が始まった。そのうち全身けいれんの他に、カクンとなって前後に倒れたり、手をにぎりしめて前後に倒れたりと、多い時で1日80回から100回ぐらい発作があり倒れ、24時間目が離せなくなって7年にもなる。

セレニカRを少しずつ増やしても治らない。倒れては前歯を折ったり、ガラスを割ったり、ガラスで頭を切ったりと、なかなか治ることもなく、アレビアチンという薬を少量ずつ増やしてもだめ。今度は新薬を飲んでみてもだめ。エクセグランという薬を少しずつ増やしてもだめ。次の新薬トピナという薬を少しずつ増やしながら飲んでみるけど、なかなか発作は治らない。治らないのでますますケガがたえない。足は丈夫で歩けるだけに、香名もとても辛い思いをしている。

香名のてんかんは治らないてんかんといわれる難治性てんかんでした。最後は手術しかないとのことであった。

「もう手術しかない」と医師に言われた。「でも手術しても治るかどうかはしてみないとわからない」とのこと。脳梁離断という手術は脱力に効く手術で、他の発作には効かないとのこと。香名は何種類もの発作があり、「年齢が若いほうがいいので、できれば10歳ぐらいまでに手術したほうがいい」と言われても、香名の場合15歳からひどい発作があるようになったので、とても無理なことだった。「年をとると効果のない手術で、香名ちゃんの年齢ではギリギリだ」と言われた。

この脳梁離断という手術は全国でも数が少なくて、どこの病院でも手術はしていないとのこと。数例あれば多いほうだと言われた。

岡山大学病院（以降は「岡大病院」とします）は大塚教授がいるから手術をすることができる。

手術といっても頭のことなので私もとても悩んだ。

娘の手術は脳に障害は残らないと言われたが、これはもともと障害があるからだと思う。

手術して治るのなら覚悟を決めて手術してやりたいけど、治らなければ香名はよけいに辛い思いをしなければならないことになる。

悩みに悩んでいたら、いつも行っている福山にある病院のA先生が、「お父さん、お母さんがどちらかに決めているのなら別だけど、悩んでいるのだったら、望みは少ないけど手術をせずに悩むより手術をして悩んだら」と、私の背中を押してくれた。

その時本当にそうだなと思った。悩んでいても前には進まない。ここで立ち止まる訳にはいかないと思い、やっと決心がつき思い切って手術をすることに決めた。

**２００８年（平成20年）12月**5日金曜日。手術をする予定で入院した。

養護学校高等部2年生の時に検査入院のため初めて岡大病院に入院したことがある。あの時は大変だった。「おうち帰りたい」と、とても不安定になり高熱が出て、検査が終わりしだい無理やり退院した。今回で岡大病院に入院するのは2回目だけど、やはり入院となるととても不安定になり、朝4時40分頃全身けいれんが30秒ぐらいあった。

入院2日目、また朝6時8分頃、30秒ぐらい全身けいれんがあった。今日はごはんも食べなくて寝てばかりいる。「おうち帰ろう、帰りたい」と言い出した。

入院3日目、ホームシックになる。今日も「おうち帰りたい」と言う。「でも手術して元気になって帰らないといけないよ」と言うと「手術頑張る」と言う。わかってはいるのだけど、心の中でとても不安定になっているみたいだ。手術だものね。それも頭で初めてだもの、怖いに決っているよ。お母さんだって怖いもの。

夕方熱が37・3度あるので夜は早く寝た。

入院4日目、朝熱は36・9度に下がっていたので療護センターへMRI検査に行く。岡大病院のMRIよりとても精密でわかりよいとのことで、岡大病院を出て検査に行く。結果、頭の中はとてもきれいだったとのこと。夕方になると熱37・1度に上がる。今日はほとんど寝ていた。

入院5日目、朝から熱は37・1度ある。でも脳血管検査をする。今日の検査は朝食事はしないようにとのこと。毎日「おうち帰ろう、帰りたい」と言う。夕方になると熱が37・4度に上がる。こんな調子で手術をすることができるのだろうか。とても不安になってきた私。

入院6日目、朝、熱が36・5度に下がったので、やれやれと思ったら昼には37・6度もある。風邪のようでもないから精神的なものだと思う。それでも今日はCT検査をする。今日もほとんど食事をしていない。入院してからほとんど食べていないけど、体力のほうは大丈夫なのか。手術にたえることができるのだろうか。とても心配になってきた。

明日はいよいよ手術の日だ。

入院7日目、12月11日木曜日、手術の朝を迎えた。熱は36・5度に下がったので、やれやれとひと安心。8時すぎ頃に手術室に入った。途中まで私と主人が見送った。看護師さんと泣き泣き手術室に入る。私は祈るような思いで、「香名手術頑張ってね!!」と声をかけた。

手術室に入ってどのくらい時間がたったか覚えていないが、上利先生が「話があるから手術室にきてほしい」と言ってると、看護師さんに言われた。何かあったのだろうか、とても不安になる。手術室に行ってみると、髪の毛を剃ってみたところ皮膚炎がひどく、この状態では手術はできないと言われて、中止となった。

何で、せっかくここまでしんどい思いをして頑張ってきたのに。とても残念だけど仕方ないよね!! 手術室から出て麻酔がさめたので行ってみると、「香名ちゃん手術頑張ったよ」と言う。私は「よく頑張ったね」と、ほめたものの、でもまだ手術は終わってないよと私は心の中で言う。お母さんはほめてあげるよ。だからもう1回、香名、頑張ろうね!!

昼から熱が37・7度になり、お昼に食べたものを全部もどしてしまった。でも麻酔をしているからだと先生に言われたので安心した。夕方には熱は37・1度に下がったので少し安心した。あとから看護師さんが言っていたが、香名が、「香名ちゃん手術頑張ったら、お母さんに会える」と看護師さんに聞いたと言う。だから目がさめた時に、「香名ちゃん手術頑張った」と言ったのだ。手術室に入るまでにも、すごく不安で怖かったと思うのに泣き泣きでも香名よく頑張ったよ。お母さんは何回でもほめてあげるよ。手術が中止になったのは本当に残念だけど、香名が帰りたいと言っているので、これでよかったのかも知れない。検査が大変だったものね。私も、体調が悪いまま入院になったので疲れているから、いったん退院するのもいいかも知れないと思った。

入院8日目、皮膚の検査の結果、尋常性乾癬だと言われた。頭が赤くなってふくらんでいる所も脂肪だろうと、大丈夫だと言われた。先生から「手術が中止になり申し訳ない」と言われた。「でも先生のせいではないので気にしないで下さい」と伝えた。14日日曜日、退院が決まりほっとした。でも香名はまだ熱が続いている。

入院9日目、朝熱が37・3度ある。よほど疲れたのだろう、今日は寝てばかりいる。でも昨日からごはんも食べるようになったので安心する。香名も退院することがわかったので安心したのだろうね。

入院10日目、14日日曜日。とりあえず退院することになった。朝熱はまだ37・3度ある。家に帰ったと思ったら熱が下がって平熱になるとは、本当に精神的なものが大きかったのだと思う。家に帰ってお姉ちゃんに、「香名ちゃん手術室にひとりで入って怖かった」と言ったとのこと。本当に怖かったよね。でもよく頑張ったと思う。とても不安だったと思うよ。上利先生も言ってたものね。「よく我慢して頑張っているのが先生にも伝わってきた」と。でももう1回頑張らないといけないよ。ごめんね！　香名もとても不安でしんどいのはよくわかるけど、お母さんもしんどくて何もできないので、香名を怒ってばかりいて、ごめんね。親子でもう一度頑張ろうね。帰ってから手術室のことがトラウマになったのか、発作が多くてケガがたえない。ついてまわるといやがるし大変だ。だから少しでも早く次の手術をと思う。

**2009年(平成21年) 1月**、年も明け新しい年になった。

3日土曜日、朝5時48分、30秒ぐらい全身にけいれんあり。

**2月**12日木曜日、発作で倒れ唇を切る。前回唇を切った時には高い熱が出て入院したことがある。今回はすぐ冷やしてくれたので熱が出なくてホッとした。

13日金曜日、お姉ちゃんが「手術終わったらプレゼントをあげる」と言ったら「香名ちゃん手術頑張った」と言った。お姉ちゃんが「手術まだ終わってないよ」と言ったら香名がだまっていたとのこと。香名の中では手術はあの時もう終わっているのだろうね。本当に辛いだろうね。まだ終わっていないと言われた時どんな気持ちだったのだろうか⁇　だまっていたと言うことは⁉

**3月**14日土曜日、発作で倒れ鼻を打ち鼻血が出て少しケガをした、という連絡がデイサービスより入る。大丈夫だろうか？

25日水曜日、デイサービスに行く車の中で、「手術怖いから香名ちゃんしたくない」と言う。先生達と手術の話をしているのを聞いて、前のことを思い出したのだろう！　怖いよね、ごめんね。でも仕方ないのよ、早く手術しないとね。

26日木曜日、右目の所が青くなっていた。いつどこで打ったのだろうか、わからない。

28日土曜日、香名は手術をする日が近いことがわかったのか、今までよりも発作が多いし、とても不安定になっている。

**4月**2日木曜日、また発作で倒れ、頭を打つ。

4日土曜日、明日はいよいよ岡大病院に入院する日だ。12月に入院退院してから4ヶ月ほどの間に全身けいれんもたびたびあり、発作も多くて本当にケガがたえなかった。親子で不安定になっていた。

5日日曜日、岡大病院に入院する。手術をするために、今度は頭の皮膚炎も薬をつけてきれいにして、何とか元気で入院することができて本当によかった。でも入院担当の若い先生がきたら、「おうちに帰りたい」と涙を流す。でも昼も夜もごはんを食べてくれたので、ひと安心。

6日月曜日、昨日はおうちに帰りたいと言ってたけど、今日は少し落ち着いているような気がする。今回で岡大病院入院3回目になるからね。手術にそなえて髪の毛を短く散髪する。今回は皮膚炎も大丈夫だった。ひと安心。朝、若井先生、上利先生が心配してきてくれる。夕方にはまた若井先生が来てくれる。夜は早く20時頃に寝た。

7日火曜日、昨夜はよく寝てくれた。朝7時頃起きた。今日血液検査、脳波の検査があり、皮膚科の先生にもみてもらう。上利先生、若井先生が来てくれる。わりと落ち着いている。でも大塚教授の回診があると大塚教授に、「おうちに帰りたい」と涙を流して泣く。朝熱37度、夕方37・2度あったけど夜には36・6度に下がったので、やれやれ。夕方、上利先生が来てくれる。

8日水曜日、昨夜もよく寝てくれた。明日の手術に備えて浣腸してお風呂にも入る。頭にシールをはり麻酔をしてCTを撮る。麻酔をしたために今日はよく寝ている。

9日木曜日、いよいよ今日は手術の日。朝8時すぎ頃手術室に入る。前のことがあるから手術室まで私も一緒に入った。今回は落ち着いていて手術室の看護師さんに、「お姉ちゃんの絵本見たことある?」と聞いていた。『やさいたちのお話』という絵本をお姉ちゃんが出版しているので、香名のシューズにもくだものや、やさいたちがいっぱい描いてある!!

手術台に上がるまで私はそばにいて、「母さん外で待っているから手術頑張るのよ」と言ったら、香名が「うん」と答えたので、私自身ほっとした。香名しんどいけど手術頑張ろうね。13時間ぐらいかかるかも知れないと言われていたので、22時頃になるのかなと思って待っていた。前回のこともあり心配していたが、時間がたってもお呼びがないので、手術は進んでいるのだなと思った。17時30分頃看護師さんに、「手術が終わったので、あと1時間ぐらいしたら先生から連絡があるので面会できます」と言われたので安心したものの、先生に会って話を聞くまではやはり不安だった。でも先生に最初に言われた時間より早く手術が終わったので、少しほっとした。

19時頃先生より連絡がありＩＣＵに面会に行く。血管が多くて少し難しかったけど手術は成功したと言われた。香名本当によく頑張ったね。しんどかったね。でもまだＩＣＵで闘っているね。いつまでＩＣＵにいるのかな。でもとりあえずこれでひと安心。上利先生ありがとうございました。術後のＭＲＩで出血もないとのこと。顔が少しはれているけど、そのうちに治るとのこと。香名本当に本当にお疲れさま。お父さんも私もほっとする。

10日金曜日、手術して2日目。ＩＣＵに入っているので12時頃お父さんと面会に行く。手術したあとの頭の所から血が出ているので、管を通して流すと言っていたが、管が取れていた。左足が動きにくいのでもし脳梗そくだといけないので、

ＭＲＩ検査をしてみると言われた。不安になる。検査の結果何も問題なく順調に回復に向かっていると言われたので、ひと安心したものの、何があるかわからないので、13日月曜日まではＩＣＵに入っていたほうがよいと言われた。お父さんも、順調に回復していると言われて、ひと安心して家に帰った。

18時頃面会に行った時には酸素吸入も取れていた。かすれた声で、「お母さん」と言ったと思ったら、「家に帰ろう」と言った。私が、「手術よく頑張ったね、これで家に帰れるよ」と言ったら涙を流す。本当に辛いねー。頑張ったねー。見ている私のほうがいたいたしくて、見ていられない気持ちだ。元気な香名はどこに行ったのだろう？　看護師さんが「名前は？」と聞くと、かすれた声で、「ふじいかな」と言った。小さい声だけどちゃんと名前が言えたので安心する。右足はよく動いているのに左足が動いていない。私の手を握って離そうとはしない。ひとりでとても不安だよね。それもＩＣＵでは体を自由に動かせないからね。面会時間が過ぎたけど、できるだけ長くいることにした。私がそばにいることで少しでも不安がなくなればよいのにね。

11日土曜日、ＩＣＵ。顔の右のはれはなくなっていた。少しよくなっていた。でもまだ寝ることが多いとのこと。左足がまだ動きにくい。足の先がまだ冷たい。右足はよく動いているのに？　今日ははっきりと看護師さんにもわかるように、「おうちに帰りたい」と言った。

「手術頑張ったので、もう少し頑張ったらおうち帰れるよ」と言ったら涙を流す。でもまだ言葉はそんなにまで出てこなくて、寝てばかりいる。顔がだいぶはれるようなことを先生が言ってたけど、そんなにはれることもなくて、よかった！でもまだ熱があるので座薬を使っているが思ったより元気だ。今日は昨日よりよく目を開けていた。足を洗ってやり香名も少しさっぱりしたと思う。14時頃までいて昼の面会時間は帰った。

夕方18時頃面会に行く。熱もまだ38・5度ある。昼とはちがってウトウトしていた。やはりまだ左足が動かない。朝、上利先生がきてくれたとのこと。やはり

「おうち帰りたい」と言う。でもまだ手術して3日だからね。まだまだおうちに帰れないよ。ウトウトしているので、私が帰りかけると香名が目を開けるので、20時近くまでそばについている。「香名、早く元気になって、おうち帰ろうね」。こんな言葉しかかけてやることができない。この手術で一過性の後遺症があると先生に言われた。言語（言葉が少ない）、自発性（元気がなくなる）の低下や、左手が使いにくくなるとのこと。半年から1年ぐらいしたら治ると言われた。

一過性だと言われて、ほっとした。もともと香名はおしゃべりで元気がいいだけに、どうなるだろうと思ったけど、でもひと安心だ。

12日、日曜日なのでお父さんとお姉ちゃんが来る。まだＩＣＵに入っているので面会に行く。お昼の面会は12時からだ。少しいて、お父さんが帰ると言ったらバイバイしていた。少し香名も落ち着いてきたのかもしれない。まだ経管栄養をしている。お昼から車いすに術後初めて乗って、看護師さんといっしょに少し散歩した。でも車いすに座って寝てばかりいる。熱があるので座薬を入れているせいなのだろうか。もう少し起きている時間が長くないと病室には帰れないよ!!
昼は左の足の指先が温かくなり、散歩から帰ると左足全体が温かくなっていた。でもまだ熱は38度ある。ほとんど寝てばかりだ。いつになったら寝る時間が短くなるのだろうか？　夕方18時面会に行った時には熱は37・4度に下がっていた。左足も温かくなってきたものの、まだ足を動かすことは少ない。19時30分頃までいたけど、やはり寝てばかりいる。でも帰る頃には熱は37・2度まで下がっていたので、これで少しずつ回復してくれるのだろうか。いやきっと回復するよね香名？

13日月曜日、ＩＣＵに入っている。今日で手術して5日目になる。先生が言われていた月曜日だ。「朝10時すぎ頃にはＩＣＵから出て病室に帰ってくることになりました」と看護師さんに言われた。病室に帰ってくるので、支度をしていたら、少したってからまた看護師さんに「術後炎症反応がまだ高いので、もう少しＩＣＵに入っていることになりました」と言われた。残念だけど病室に帰っても何かあった時にはこまるので、完全によくなってからＩＣＵから出てくれたほうがいいよね!! 香名、頑張って早くＩＣＵから出ようね。12時に面会に行くと熱が37・4度だった。少しもどしてしまった。それから熱が37・7度に上がってしまった。病室に帰らなくてよかったけど、香名は「おうちに帰りたい」と言う。せっかく37・2度まで熱が下がっていたのにまた熱が出たということは、また精神的なものから熱が出はじめたのかも知れないねー。若井先生がきてくれた時には大丈夫だったのに、点滴がもれたのか右の手のほうがはれていた。でもこの手のはれは少しずつ治ってくれるだろう。

昼はオシッコの管もはずれていたので、「トイレに行きたい」という言葉も出てくれるといいのにね!! 便が出ないので浣腸する。硬い便がたくさん出たので、これでお腹もすっきりしたかもね！

夕方18時に面会に行く。熱が38・7度まで上がったとのこと。ＩＣＵに入ってから初めて出た高い熱だとのこと。座薬を入れて37・8度まで下がる。熱が出ているせいかも知れないけど、寝てばかりいて目を開けることはほとんどない。でも声は聞こえているのだろう、私が帰ると言ったら目を開けるので、19時30分頃まではそばについていていた。

14日火曜日、熱も37度台なのでICUから出て病室に帰ると連絡があった。やっとICUから出られると思ったら、昨日もどしたので、もう1日大事をとってICUでもう少し様子をみたほうが良いだろうとのこと。仕方ないよね。昨日もどしたし、熱も38・7度まで上がったものね！　12時に面会に行く。車いすで散歩に出る。今日は前とちがって目をあけていた。

ずっと窓の外を見ていた。声をかけると反応はある。散歩から帰るとベッドに入って寝はじめた。でも今日は熱も36・8度に下がりテレビもみていたとのこと。少しずつよくなっているのかなー。

夕方18時に面会に行く。昼の散歩が疲れたのか寝てばかりいる。手術したため発作はないと言われたので安心していたら、18時25分頃10秒ぐらい全身けいれんの前ぶれみたいに、目だけが少し上目になってきたような。あの発作では看護師さんがみてもわからないだろうなー。ちょうど私がいたので発作だとわかったけど。でも今のところ全身けいれんはないとのことなので、少し安心した。今日は20時頃までいたけど寝るばかりだった。

15日水曜日、先生より今日9時30分頃ＩＣＵを出て病室に帰ると連絡があった。やっとＩＣＵから出られることになった。今度は本当に本当だよね。まちがいなく病室に帰れるよね、という気持ちだった。待ちに待った病室に帰れるよ、と心の中で香名に言って、9時20分頃ＩＣＵまで迎えに行くと、9時30分頃全身けいれんがあり、でも10時頃ＩＣＵを出て病室に帰ってきた。7日間ＩＣＵに入っていたね。とても長く感じたね。でもまだまだ今度は病室で過ごすことになる。どのくらいかかるだろうかねー。熱も36・5度だったのが昼には36・8度まで上がった。でも昨日より起きていることは多いし、左手も左足も動かしている。

15時20分、1分ぐらい全身けいれんあり。また15時51分、1分ぐらい全身けいれんあり。続けて今日全身けいれんが3回もあるのでCT検査をする。でも出血もしてないので大丈夫とのことで安心したものの、4回目が18時39分に1分ぐらい、5回目が22時25分頃に1分ぐらいあった。ICUを出て病室に帰っても今日5回も全身けいれんがあり、香名はとてもしんどい思いをした。熱は37・5度まで上がったけど、夜には37・2度まで下がったので、やれやれだ。病室に帰って1日目、今日はとてもしんどい思いをした1日だったけど、何とか終わり。これからまた病室での闘いが始まろうとしている。

16日木曜日、朝5時8分頃に30秒ぐらい全身けいれんあり。熱は37度まで下がっていた。血中濃度を測ってみる。血液検査もする。今日は昨日に比べると、話もよくするし左手足もよく動いているので、若井先生に「回復も早いかもね」と言われた。昨日より今日のほうが少し元気になっている！　夕方に看護師さんに、「お腹がすいた」と言う。私が、「何がほしい？」と聞くと、「お肉がほしい」と言う。香名はお肉が大好きだものね。でもまだお肉を食べさせる訳にはいかないので、おとうふを買ってきて3口ほど食べたら、17時7分頃10秒ぐらい全身けいれんがあり、食べるのを中止する。朝6時43分頃にも少し発作があり、夜には熱37・3度にまで上がる。なかなか熱も平熱にならないねー。今日も発作が3回もあった。

17日金曜日、朝方2時頃に1分ぐらい全身けいれんあり。2回目は3時41分頃に1分ぐらい全身けいれんあり。今日朝10時頃抜糸する。28針縫っていた手術のあとは、きれいになっていた。でも尋常性乾癬がひどくなっていた。手術してから包帯を巻いていて、薬をつけることもなく1週間になるからひどくなったのだろうね。上利先生が「香名ちゃんよく頑張ったね」と言ってくれた。熱は37・5度ある。まだ微熱が続いているし、食べないので、ずっと経管栄養だ。早く食べられるようになれば元気になるのに。浣腸しないと便も出ない。いつになったら熱も下がって食べられるようになるのだろう。もう手術して1週間も過ぎたというのに精神的なものだねーきっと‼

18日土曜日、朝7時28分頃に1分ぐらい全身けいれんあり。ICUを出て病室に帰ってから毎日全身けいれんがある。どうしたのだろう。とてもしんどい思いをしている。でもこの手術は全身けいれんが治る手術ではなくて、脱力発作が少なくなる手術なので、全身けいれんがきてもおかしくない。今のところ脱力発作はない。

今日は看護師さんに頭を拭いてもらったので、少しはさっぱりしたかもね。でも尋常性乾癬があるので頭がかゆくてかいてばかりいる。早く治らないだろうかねー。看護師さんに頭をふいてもらったら、香名が看護師さんに、「ありがとうございました」とはっきり言葉が出たので少し安心した。少しずつ言葉のほうも回復しているようだ。言葉もまだむずかしいだろうと言われていたのに、今日は普通に話もできるようになった。でも熱は37・6度まで上がった。お腹はすいているのだろうけど食べられない。なかなかお茶を飲むこともできない。

19日日曜日、朝初めて熱は36・5度に下がった。お父さんとお姉ちゃんが来た。

今日は全身けいれんもなく、すごく落ち着いて本当にビックリするくらい話ができるようになった。先生に「無理をして食べなくてもそのうちに食べられるようになるから心配しなくていい」と言われたので安心した。手術の結果発作が少なくなったかどうかというのは、3ヶ月ぐらいしないとわからないと言われた。3ヶ月後が待ちどおしいねー。発作が少なくなっていればよいのにね。夕方また熱が37・3度まで上がった。やっと熱が下がったと思ったらまた上がったので、もう少しの間は熱が上がったり下がったりと続くのだろうかなー。

20日月曜日、血液検査・脳波の検査・皮膚科の診察があり、脳波の検査の結果、波が少なくなっているとのこと。血液検査はアレビアチン濃度が下がっている。今までだったら10ぐらいあったのが4か5ぐらいに下がっているとのこと。何が原因かわからないけど、夕方よりアレビアチンの薬が増えることになった。今日は言葉も本当によく出てうるさいぐらいしゃべるようになった。手術前と変らないぐらいしゃべっている。まだ食べられないのでもう少し経管栄養が続く。点滴

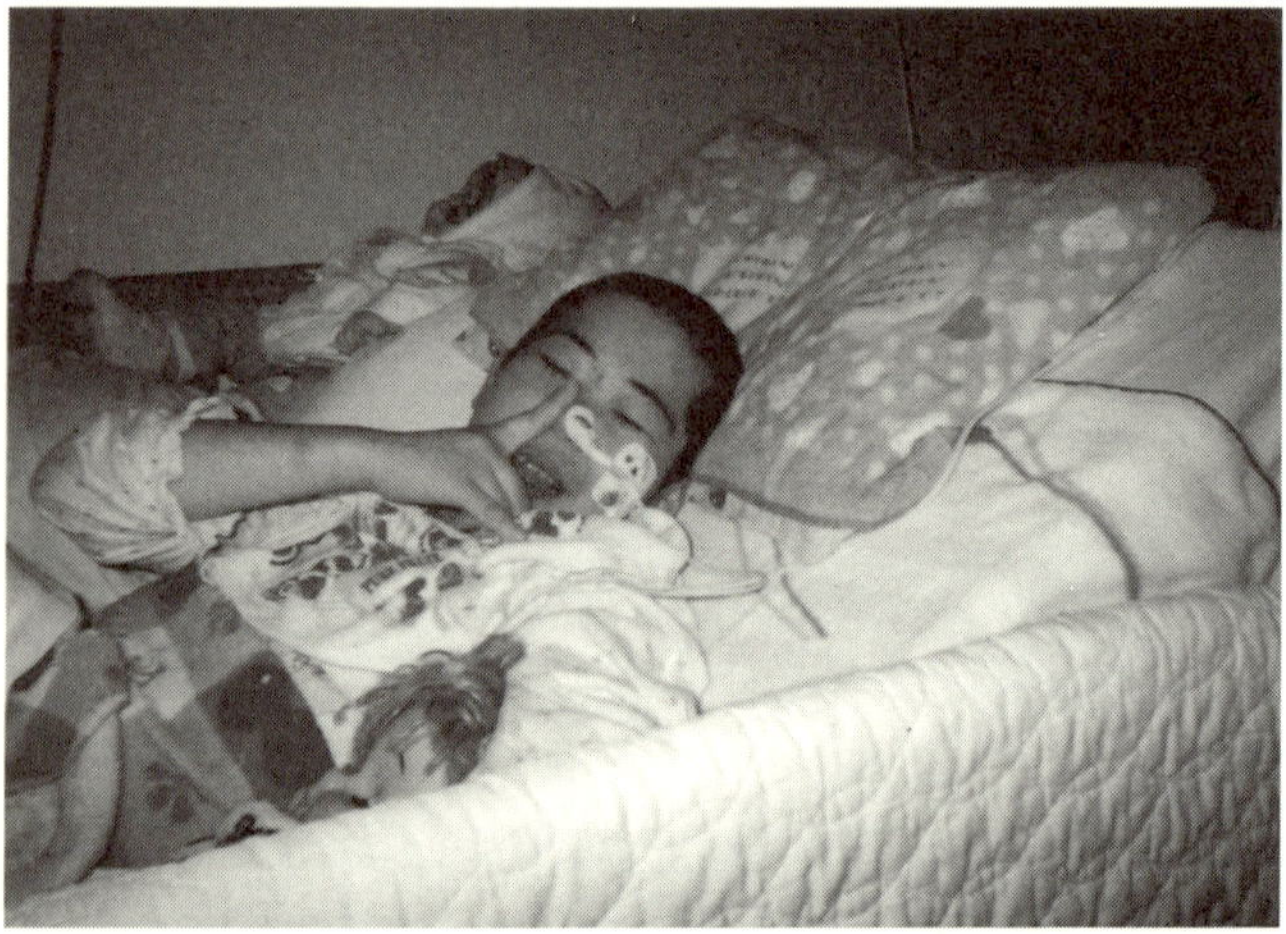

少し元気になってしゃべりだした

が1本になり経管栄養が6本になった。今日は手術してからはじめてお風呂に入った。頭を洗ってもらうと、「香名気持ちよかった」と言った。本当に久しぶりにお風呂に入り頭を洗ったので、つい気持ちよかったという言葉が出たのだろうね。頭の皮膚炎のほうもだいぶよくなっていた。夜、上利先生がきてくれたら、しっかりと言葉が出ているのでビックリしていた。今日はほとんど目をあけていたけど、ベッドの上で1日を過ごした。あまりにもしゃべりすぎて疲れたのか、夜には熱が37・6度に上がっていた。

21日火曜日、朝熱も少し下がっていた。今日から点滴がなくなる。便が出ないので浣腸する。その時に手術してから初めてベッドに座ってみる。でもしんどかったのか熱は37・5度まで上がる。大塚教授の回診があり、「このままベッドに横になっていたら、いつまでたっても歩くことができないので今日からリハビリをしますと」と言われた。リハビリといっても少しずつベッドに座れるようになるところから始まる。

先生に「無理に食べなくてもそのうちに食べるようになる」と言われたものの、なかなか食べることができない。手術して今日で13日目になる。少しでも食べさせようと、「食べないのなら母さんもうおうち帰るよ」と言ったら、とうふを一口食べて、そこから前には進まない。でも少しでも食べないと元気になって家に帰ることはできないよ。私自身も疲れが出はじめたのであせりだしたせいもあって、何とか食べさせようとしている。でも香名が食べる気持ちにならないと無理だとわかっているのにね。香名ごめんね!!

22日水曜日、朝は熱36・6度に下がっている。経管栄養の管を貼っているテープの所がとてもかゆいらしく、かいてばかりいる。頭のほうは薬を塗っているのでだいぶよくなってきた。上利先生に「食べるほうも急に食べるようになるので食べなくても心配しなくてもいい」と言われた。

脳外科の先生の回診があった。大勢の先生で来たけど先生が「おはよう」と言ったら、香名がちゃんと、「おはようございます」と言った。私のほうがビックリした。香名は、初めての所や初めての人、大勢の人などをなかなか受け入れることができない子なので、ちゃんと受け入れることができるなんて本当にビックリした。

今日初めて特殊歯科のリハビリで先生が指導してくれたら、ゼリー少しとポカリを大さじ3杯飲んだ。明日の昼から少しずつ食べる練習をすることになった。やれやれこれで早く食べられるようになるといいのにね!

歩くほうのリハビリ2日目。今日は少しベッドに座って塗り絵をした。最初はいやがっていたけど、リハビリの先生が香名の好きないちごなどを描いてくれたのでそのうち喜んで色塗りをするようになった。

23日木曜日、朝熱は36・4度に下がっていた。血液検査・尿検査をする。頭の軟らかくなっている所も、1週間ぐらいしたらよくなるだろうと言われた。今日昼からゼリー流動食を食べる練習が始まり、特殊歯科の先生がきてくれて、昼食にペーストが初めて出たけど、4口ほどしか食べない。もともと香名はゼリーなどは好きではないものね。早く普通のごはんが食べられるようになるといいのにねー。歩くリハビリ3日目、今日は少し絵を描いてから車いすに乗ってみた。わりとスムーズに乗ることができた。廊下を1回まわってきた。とても喜んだけど「疲れた」と言ってベッドに横になった。食事はほんの少し食べただけだ。夜には熱は37・2度になっていた。

24日金曜日、入院してから20日目になる。手術してからは16日目になる。昨日の血液検査の結果血中濃度が8ぐらいになっているのでよいとのこと、やれやれ。頭の手術をした所がぶよぶよしていたけど治った。脳波の検査をする。小さい発作があるとのこと。

リハビリ4日目、今日は車いすに乗ってリハビリ室まで行ってきた。だいぶ車いすに乗るようになったけど、まだ食べることができない。今日は熱が37・4度に上がる。看護師さんが熱を測りだすと、「握手は？」と香名が聞く。いつも看護師さんがくると、手を上げてパーにして握手して、とかいろいろ言ってるから？「ゴロゴロ持ってきてないの？」とも聞く。ゴロゴロとはいろいろのせて押してくる台車のことだ。毎日の生活リズムで、これの次は何をするのかということを覚えてしまったのだろう。熱があるので今日のお風呂は中止にした。夕方熱が36・8度に下がった。

足の左の親指が酸素でだと思うけど、昨日からなぜか低温ヤケドしているみたいだ。でもこの指はいずれ治るだろうから心配はしなくていい。

25日土曜日、今日は何も検査がないので、入院してから初めて車いすに乗って売店まで行ってみた。とても喜んだ。少しはストレス発散になっただろうかねー。でも疲れたのか帰るとすぐベッドに横になると言うので、やはりまだしんどいのだろう。でも熱は37・1度になっていた。

少しずつ食べられるようになったので安心した。頭を手術して、ぶよぶよしていた所が治り今日は硬くなっていた。先生が1週間ぐらいしたら治ると言っていたのに、1週間もしないうちに治ったので本当によかった！

26日日曜日、朝熱が36・1度まで下がる。少しずつ食べられるようになったと思ったら今日は食べない。手術してから初めて今日カクンとなる発作が3回もあった。ストレスが溜まってきたのかもね。

私が「ごはん食べないのならおいて帰るよ」と言ったら、香名が「おいて帰らないで」と言う。それがストレスになっているのかなー。夜熱37・5度。

27日月曜日、今日やっとおしっこの管がはずれたので、初めて歩いてトイレに

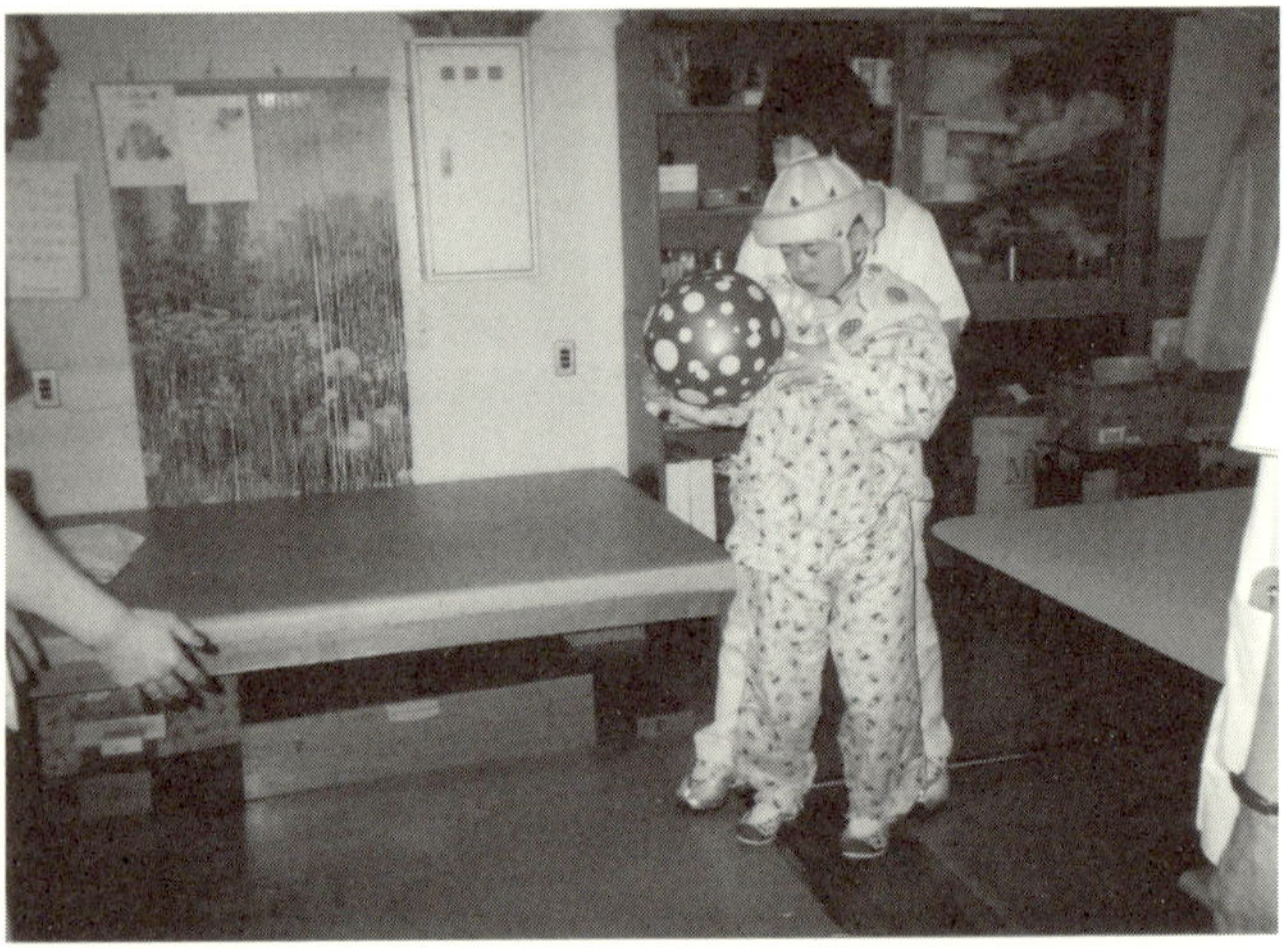

ボールでリハビリをしている

行った。まだふらふらしていたけど、何とか歩くことができたので、よかった。おしっこの管も取れたので、浣腸してお風呂に入り、とてもさっぱりしたと言う。

香名は軟らかいものが嫌いなので、普通食を食べるには消化管造影検査をして飲み込めるかどうか調べるとのこと。検査の結果飲み込みは大丈夫とのことだ。いっぺんに普通食になる訳にはいかないので、お昼からおかゆ・軟らかいおかずを食べた。おかゆは少しだけど、おかずはほとんど食べた。それも自分でスプーンを持って食べた。すごい。いっぺんに食べられるようになる、と上利先生が言ってたけど本当にそうだ。

夜は昼より少し硬い食事が出るとのことだ。これで食べられるようになれば経管栄養もなくなるのにね。

リハビリ5日目、今日はリハビリ室まで行き、ボールなげ、輪なげなどを立ってした。とてもよくできたので安心した。リハビリの先生に、「今日歩いてトイレに行った」と言ったら、ビックリしていた。夜、食事は硬いのが出たけど、少ししか食べなかった。昨日はカクンとなる発作が3回もあったけど、今日はぜんぜんなかった。

28日火曜日、今日は昨日に比べて足もしっかりしてきた。トイレに行くのも大丈夫だ。今日から経管栄養が3本になったので、やれやれほっとする。6本だと一日中入れているようで、とてもしんどいものね。

リハビリ6日目になる。だいぶしっかりしてきた。とても喜んでリハビリをし

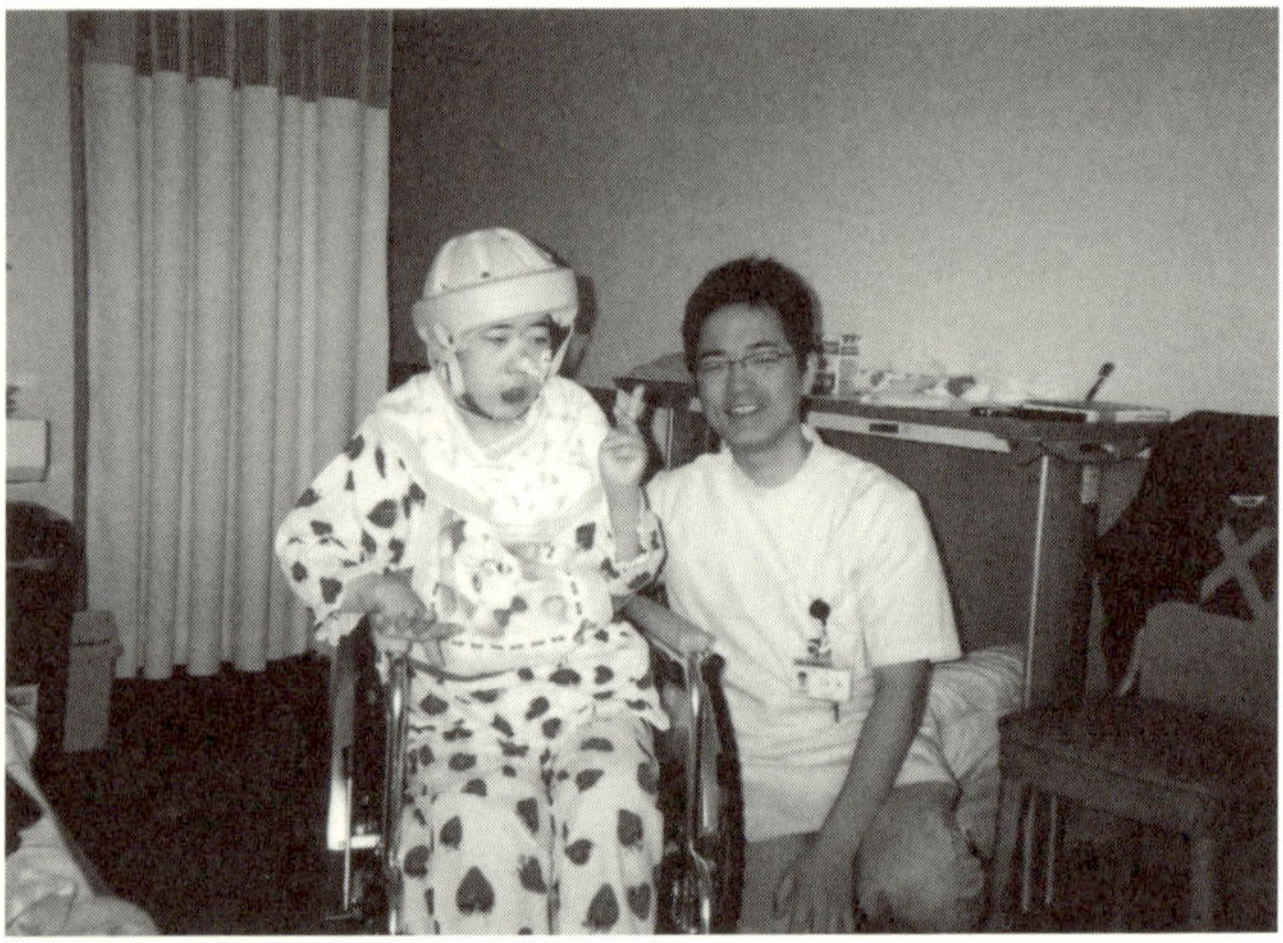
手術をしてくれた上利先生と香名

ている。今日はとてもしっかりしていたので先生もビックリしていた。寝ることもなくて、久しぶりに車いすに乗って廊下をウロウロしていた。夕食も半分ぐらい食べた。今日は熱が36・8度だったので、これで熱も上がらなければよいのにねー。

29日水曜日、香名がお肉が食べたいと言うので、お父さんがお肉を焼いて持ってきてくれたら、お昼ご飯はよく食べた。今日は朝もよく食べたし、夜もよく食べたので、初めて経管栄養は入れなかった。水分もしっかりとれて、おしっこもよく出ているので安心。これで食べるようになり、鼻の管が取れればよいのにねー。少しずつ良くなっているのか。今日は久しぶりに車いすで一日中散歩していたので疲れたのだろう。私も疲れた。熱37・2度。先生に退院したいと話すと「考えておこう」と言われた。香名も私も、もう入院生活限界だ。早く家に帰りたいよー。

30日木曜日、上利先生、若井先生が来る。よく食べて調子がよいので5月3日日曜日の退院を考えてみると言われた。やったー。やっと家に帰れるよーと、私は心の中で叫んだ。長かったもんねー。よく食べられるようになったので、今日やっと経管栄養の管が取れて、鼻のほうもスッキリした。今日でリハビリ7日目になる。立ってボールなげなどをする。リハビリの時間は少しだけど、とても楽しそうだ。車いすで散歩をしていたせいで疲れたのか、熱は37・4度になる。ずっと熱は上がったり下がったりで、なかなか平熱にならない。夜、手術後初めて口から薬を飲むようになった。

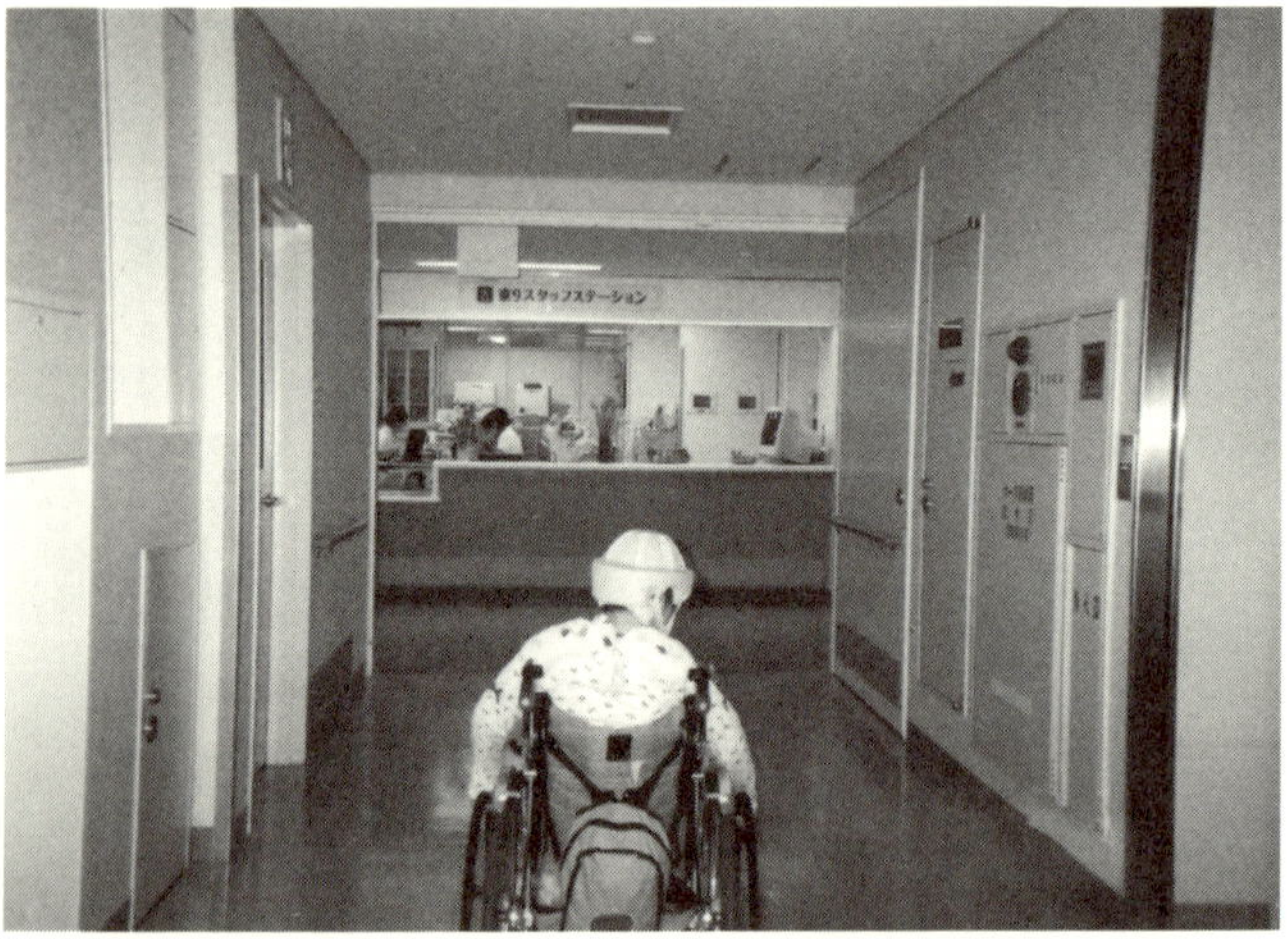

くすりを飲むのがいやで自分でドアを開けて脱走した香名

**5月**1日金曜日、微熱が続いているので血液検査をする。「何も問題ない、悪い所はない」と言われたので安心した。家に帰りたいために、ストレスから熱が続いているのかも知れない。家に帰れば熱も下がるかもね!!

リハビリ8日目、今日でリハビリも終わりだ。少しの間のリハビリだったけど、とても楽しくできて、だいぶ足もしっかりしてきたので、本当によかったね。夜初めてトイレで便が出たのでスッキリしたけど、もどしてしまった。どうしたのだろうか？　よだれはひどいしね。

2日土曜日、車いすに座っていても、昨日より香名の体が右のほうに傾いているのでCT検査をすると言われた。検査の結果、「どこも異常はなかった」と言われたので安心した。明日退院できることになったのに、今何かあったらこまるものね。またずっと入院していないといけないものね。本当にやれやれひと安心する。やっと明日は家に帰れるよー。手術して口から薬を飲むことがなかったので、朝の薬をなかなか飲むことができなくて怒ったら、車いすでじょうずにドアを開けて出て行く。つれて帰るとまたドアを開けて出ていく。2回も出て行き、私もとうとうプッツン切れて、病院の中で怒ってしまった。

何とか1時間かかって怒り怒り薬を飲むことができた。香名はもともと薬を飲むことが嫌いで、今までだってこまっていたのに、家に帰ってこれから薬を飲ませるのが大変だー。今日は熱も36度だ。落ち着いてきているのだろうか。明日は家に帰れるのがわかったからかな。先生に「退院したら普通の生活をしてもよい」

と言われた。「すぐにでもデイサービスに行ってよい」と言われたので、ひと安心する。

3日日曜日、いよいよ今日退院する。入院してから29日目。約1ヶ月入院生活。長かったねー。親子で闘った1ヶ月、上利先生が、「香名ちゃん、本当によく頑張ったね」と言ってくれた。私も本当によく頑張ったと思う。辛い思いをした29日間。いや昨年12月からだから5ヶ月になる。その間は心の中で葛藤していただろうなー。本当にしんどい思いをしたね。だれにもわからないよね、香名のしんどさは？　お母さんも辛かったよ。この5ヶ月間何とも言いようのない辛さがあったよ。これでもう手術することはないよ。どうか発作が治りますようにと祈るばかりだ。今のところ大きな発作はなく、小さい発作は少しあるけど、でもまだわからないので安心はできない。本当に今日入院生活も終わり家に帰れる。ホッとする!!

お昼過ぎ頃お父さんが迎えに来てくれて、本当に本当に退院できる。これでやっと家に帰れる。嬉しいと私は思った。香名もとても嬉しそうだ。よかった。これで落ち着いてくれるといいのにねー。精神的にもね。

家に帰ったら夜雨が降りだした。香名の退院を喜んでくれているかのように。雨降って地固まるということわざがあるように、これで本当によくなればよいのにと思う。家に帰ることができて、香名も私も安心した。

4日月曜日、やっと退院して家に帰れたというのに、朝ごはんを食べても何となく元気がない。昼ごはんを食べたと思ったら、もどしてしまった。どうしたのだろうか。昼から夕方まで寝たと思ったら、夕ごはんも食べずに夜も寝てしまった。まだ退院したばかりだものね。これから少しずつ元気になってくれるのだろうねー。

5日火曜日、先生には退院したら普通の生活をしてもよいと言われていたので、久しぶりに買い物につれて行く。入院生活のストレス発散にでもなればと思って、少しの時間だけどつれて出たけど、やはりまだ無理のようだ。入院生活が長かっただけに足もフラフラしている。今日昼から夕方まで寝た。夜には熱が37度になった。この調子だとまだ元気になるのには、だいぶかかりそうだねー。

6日水曜日、普通の生活にならすためには少しでもと思い、今日は熱もないので少しの時間買い物につれて行く。やはり疲れたのか昼から夕方まで寝る。

7日木曜日、今日は少しだけどドライブにつれて行く。やはり疲れるようだ。でも今日はおかずだけ食べて昼から夕方まで寝る。ごはんを食べないので元気が出ないのだ。早く食べられるようになるといいのにね。

8日金曜日、久しぶりにフジグランに香名の好きなものを買いに行く。とても喜んだけど疲れて夜熱が37度になった。食べないから便が出なくてしんどいので、薬を飲ませる。どうか便が出ますように!!

9日土曜日、今日で手術して1ヶ月になる。もう1ヶ月になるのか。済んでみれば早いようだけど長かったよねー。今日も熱が37・1度ある。昼寝をしてから、もどしてしまった。便の薬を飲んでも便が出ないので、もどしたのだろうか?

10日日曜日、今日で退院して1週間になる。まだ足も弱いし元気がない。熱のほうも微熱が出たりして、すっきりしない。寝ることも多かった。食べることも少ない。でも発作はなくて落ち着いているようだ。これで発作も治るといいのにと思う。でもボーッとすることが多い。

11日月曜日、今日からやっとデイサービスに行くことになった。久しぶりに行くことができる。昨夜のこと、「明日はデイサービスに行かれるよ」と言ったら、嬉しかったのか興奮して夜寝なかった。朝方2時頃寝たのに8時には起きて、「デイサービスに行く」と言った。とても眠たいはずなのに、デイサービスに行くととても喜んで、職員の人にとびついて行った。本当に嬉しかったのだろうねー。一日デイサービスで過ごして帰ってきた。とても嬉しそうにデイサービスでのことを話した。でもさすがに疲れたのか、夜は8時頃には寝てしまった。香名、デイサービスに行くことができて本当によかったね。今日は熱もなく元気だ。

12日火曜日、朝熱がないのでデイサービスに行く。昼から熱が37度になる。昨日久しぶりにデイサービスに行ったので、やはり疲れたのだろう。

13日水曜日、今日は熱もなく元気でデイサービスに行くことができたけど、夕食後にもどしてしまった。

14日木曜日、今日は熱もなく元気だと思ったら、夜またもどしてしまった。食べたのはそうめんとキュウリとバナナと牛乳だけなんだけど。牛乳があわなくなっているのだろうか。それとも便が出なくてつまっているのだろうか。少しずつ発作も出てきている。昨日と今日は倒れる発作があった。

15日金曜日、続けて2日ももどした。退院してまだ2週間たたないのに4回ももどしてしまったので、岡大病院の若井先生に電話をする。考えられることは、アレビアチンを増やしたからか出血しているか、どちらかだとのこと。でも出血はもう大丈夫だとのこと。便秘しているからかも知れないとのことで、CT検査をして血中濃度を測ってみたほうがよいと言われたが、岡大病院につれて行くのは大変なので、いつも行っている福山の病院につれて行く。血液検査の結果アレビアチンの濃度が高くなっているので、前回の量に夜から減らすことにした。CT検査はできないとのこと。福山の病院でCT検査をしても比べようがないとのことで、便秘の薬をもらった。朝は熱がなかったのに昼には37・2度になる。今日は一日熱が上がったり下がったりして、とてもしんどい思いをしている。

16日土曜日、今日はデイサービスを休んでドライブにつれて行く。今日の朝から漢方便秘薬を飲み始める。まだまだ体調も悪く昼から夕方まで寝る。

17日日曜日、退院して2週間になるけど、まだまだ微熱があったりする。アレビアチンを減らしてからは今のところもどしてはいない。少しでも早くよくなってくれるといいのに。

18日月曜日、上利先生に「20日水曜日に市民病院に来るので、CT検査をしてみようか」と言われたので、お願いすることにした。

19日火曜日、なかなかごはんを食べようとしない。おかずは何とか食べてくれるのに、ごはんはまだうけつけることができないのかね。ごはんを食べないので便が出ないのだろうか。

20日水曜日、岡大病院で手術してくれた上利先生が今日は市民病院に来られる日なので、つれて行く。小さい時にはよく行ってたけど、大きくなってからは行っていないので、どうかな。パニックになるかなと心配してたけど、「上利先生に会いに行こう」と言ったら、スムーズに行くことができてよかった。CT検査をするようになって泣いてこまらせたけど、上利先生が来てくれたら安心したのか、CT検査もスムーズにすることができた。泣いてこまらせながらも、上利先生が来てくれた時、香名が言った言葉、「迷惑をかけてごめんなさい」と。先生には聞こえていなかったけどね。香名は本当によくわかっているからね。わかっているからこそ不安になってパニックになるのだろう。CT検査の結果異常はないと言われたので、本当に安心した。先生ありがとうございました。

21日木曜日、昨日CT検査で問題ないと言われたのに、デイサービスに行って昼ごはんを食べたあとに、ほとんどもどしてしまったと言う。

香名の大好きないくらを食べると聞くと、いらないと言う。どうして大好きなのに食べないのだろう。少しでも食べて元気にならないと、と思って買ってきても食べようとはしないので、あっさりしたものなら食べるかと思い、湯どうふにしたら食べた。でも食べたと思ったら、もどしてしまった。とうふを食べてももどすなんて、どうしたのだろう。今日は2回ももどしてしまった。CT検査は問題ないし、アレビアチンも減らしているし熱も高くないし、前に比べて発作のほうも少なくなってきたものの体調がよくない。

退院してから日にちがたつにつれて言葉も少なくなってきたような気がする。もどしたのは何が原因なんだろう。

22日金曜日、岡大病院の若井先生より電話あり。もどすのはアレビアチンが多いのかも知れないと言われ、便もたまっているのなら3日に1回ぐらい浣腸したほうがいいかも知れないと言われた。あまりもどすようなら岡大病院につれてくるようにとのことだけど、岡大病院まで行くのはちょっとしんどいから、できるだけこちらの病院でみてもらいたい。元気がないのは一過性の後遺症ではないかと、後遺症だったら手術したあとすぐ出てくるのでと言われ、ある面ほっとした。やはりもどすのが原因で元気がないのだろうかねー。早く元気になってくれないと香名もしんどいし、私もしんどいよ。やっと退院して家に帰ったのにね。でも頭の手術だし、すぐのすぐにはよくならないよね。仕方ないか、長い目でみることにしよう。まだまだ親子での闘いは続いているよ。今日夜はうどん少しと焼き肉を食べたけど、もどすことがなかったので、やれやれだ!!

24日日曜日、今日で岡大病院を退院して3週間になる。もう3週間まだ3週間という感じがする。

なかなかよくならない。でもここのところ熱もないのでそれだけは安心してる。21日に2回もどしてから今のところもどしていない。今日は少し元気になり食べるようになった。どうか香名がもどしませんように、もどしたら岡大病院に行かなくてはいけないので。

25日月曜日、岡大病院の若井先生に電話する。今のところもどしていないのなら岡大病院に来なくてよいと、少し様子をみましょうと言われたので、ほっとした。

26日火曜日、ここのところ熱もない。朝いつものように起きたら退院して家に帰って初めて人形のリカちゃんをだっこした。それに朝ごはんを食べるのに手を合わせて、「いただきます」と言った。手術前の香名に少しずつもどっているのだろうか、歩くのもフラフラすることもなく、しっかり歩きだした。それに発作も少なくなったので、しんどさもちがうのだろうか、一日でも早く元気になってね、香名!!

28日木曜日、福山の病院に行く。血液検査とレントゲン検査をする。血中濃度はまだ少し高いけど、もう少しアレビアチンはこのままでいいと言われた。便が溜っているので2日に1回浣腸して便の通りをよくしたほうがよいとも言われた。

29日金曜日、手術して初めて今日倒れる発作が4回もあった。手術前とはちがう発作で脱力で足がカクンとなる。少しずつ発作も出てきたのだろうか？

31日日曜日、今日で退院して4週間になる。足のふらつきもなくなり、あれからもどすこともなく熱もない、元気にデイサービスに行くようになった、休みながらだけど。若いから元気になるのが早かったねー。でもよかった、時々発作で倒れることはあるけど、前のことを思ったら本当に少なくなったので、よかったね。

**6月**3日水曜日、今日で退院して1ヶ月になる。少しずつよくなっているような気がするけど、便が自力で出ないのでまだまだしんどいねー、早く自力で便が出るようになればよいのにね。

9日火曜日、今日で手術して2ヶ月になる。体のほうはだいぶよくなり元気になってきた。まだデイサービスは休みながら行ってはいるけど、2ヶ月で本当に体のほうは元気になったと思う。若いだけ治るのも早いと、つくづく思う。やっと排便が自力でできるようになり、ほっとする。2日に1回の浣腸も本当にしんどいけど、これで今までと同じ生活リズムになっていくのだろうか。

15日月曜日、退院してから初めて岡大病院に行く。脳波の検査ではやはり波が出ているとのこと。以前、大塚教授より脳梁離断という手術をするように言われて、悩みに悩んだ。認知症の母をかかえて、なかなか決心することができなかったのだ。その母も昨年3月に亡くなり、8月には兄嫁も亡くなった。それでもまだ手術をするのを悩んでいた。福山の病院のA先生に背中を押してもらい、やっと決断した!!

11月6日、手術をすることを決め脳外科の上利先生と話をする。半分だけ取って様子をみてまた半分取るか、1回で終わるように全部取ってしまうかという話になり、私は1回で手術が終わるように全部取ってもらうことにした。何回も入院するということは本人にとっても難しいことで、とてもしんどいことでもあるため、私自身無理だと思った。12月の手術が中止になり、4月の手術になったのは、亡くなった私の母がそうするようにと見守ってくれたのかもね。香名のことをずっと思っていたからね。認知症になってからも7年間も。今手術をしないともうできないのかなと、母が手術をしなさいと言ってるのかも知れないと思った。正解だったかも知れない、やっとの思いで決心したことが！

たとえ、これから先発作で倒れるようなことがあっても、少しの間だけでも発作が少なくなり過ごせたということは、とても嬉しく思います。初めての場所、初めての人を受け入れることが、とてもむずかしい。そんな香名が初めて会った上利先生を受け入れたということは、上利先生の香名に対してのかかわり方がとても上手だったということだと思います。

22日月曜日、ここのところよだれがひどいし、ごはんも食べる量が少ない、口内炎ができているのかなと思った。歯科に行ってみてもらっても口内炎はできていないとのこと、おかしいねー。だいたい今までは、口内炎ができたらかならずよだれを出していて、口内炎が治ればよだれもなくなっていたのに、手術のせいなのだろうか、何しろ頭のことだものね。

23日火曜日、ごはんを食べなくなったと思ったらまた便も出なくなった。夜薬を飲んだと思ったら、もどしてしまった、久しぶりにもどした。どうしたのだろうか!!

**7月**2日木曜日、今日は手術前のような発作で後ろにバタンと倒れて頭を打った。でもケガがなかったのでひと安心。

3日金曜日、便が出るようになったけどまたもどしてしまった。ごはんも食べようとはしない。

4日土曜日、今日はデイサービスで4回も倒れる発作があったとのこと、やはり治ってはいなかった。

9日木曜日、手術して今日で3ヶ月になる。よだれはひどいし食べないし元気がない。前のようにバタンと倒れる発作が出てきた。せっかく手術頑張ったのに残念だね。よだれが出るのは、みえない所に口内炎があるか手術したからか、まだ3ヶ月なのでわからないので、もう少し様子をみようと言われた。

10日金曜日、夜薬を飲んだと思ったら、またもどしてしまった。ここ当分の間、もどすことはなかったので安心していたのに、どうしたのだろう。

13日月曜日、朝発作でバタンと倒れた。ここのところ何回か倒れる発作がある。手術して3ヶ月になって、出てきた。せっかく香名、手術頑張ったのに、なぜ？ぜったいに治るとは言われてなかったけど、せめて倒れる発作が治りますようにと祈っていたのに、本当に残念だ。香名またしんどい思いをしなければいけないね、ゴメンネ。わかってはいたけど何のために手術頑張ったのだろうね、本当にゴメンネ、しんどいねー。

23日木曜日、今日は香名21歳の誕生日おめでとう。ここのところ何とか便も出て少し調子はいいみたいだけど波がある。よだれが、とてもひどく流れる。でも言葉は何とか出るようになっているので、よだれだけだったら、もう少し様子をみようとのこと。

**8月**9日日曜日、今日で香名手術して4ヶ月になる。また便が出なくなる。

9月7日月曜日、岡大病院を退院してから今回で2回目の通院になる。今頃になって一過性の後遺症が出てきたのだろうか。今までできていたことが、できなくなってきた。たとえば服を着たりズボンをはいたりすることだ。前も後ろもわからないと言うか、ちゃんと着ることもズボンをはくこともできない。同じことをいくらいってもわからなくて意思が通じにくい。たとえば座ってとか足を上げてとか、何回言ってもわからなくて、私が言ったこととか他の人が言ったことなどを、オウム返しにするばかりだ。手術をして、よだれが治まっていたのは少しの間だけで、ここのところ数ヶ月よだれが流れ出ている。口内炎ができていなくてもなので心配だ。発作のほうも少しずつ出てきて倒れるようになってきた。手術前のことを思ったら、先生が言った通り半分ぐらいにはなっている。ところが今度はまたちがう発作がみられるようになってきた。でも前みたいにカクンバタンと倒れてケガをするようなことが少ないので、少しは安心できるものの、やはりついて回らなければいけないので、香名にとってはやはりストレスがあるのかも知れないねー。でも今のところ寝ている時の全身けいれんが手術をしてからないので、少しはしんどい思いが少なくなってきたので、よかったかも知れないねー。

今回の通院で先生に11月には検査入院をしようと言われた。もう入院することないよと言ってたのに、また入院するということは、たとえ1日でも香名が不安定になるかも知れない、どうしよう⁉

発作がまだあるのでトピナという薬を少しずつ減らしていって、今度はまた新しい薬を飲むことになった。

11日金曜日、今日朝からトピナ1・0に減らす。

**10月**9日金曜日、今日で手術して半年になる。一過性の後遺症がまだ続いている。言葉のほうはだいぶもどってきて元気もよくなりつつあり、左手も問題なくよく動いているものの、よだれがまだ流れ出ている。よだれは一過性の後遺症だとは言われていなかったので、どうしてだろうか。この夏暑いのにいつも首にタオルをまいていた。今までよだれなど出す香名ではなかったのに、とてもしんどい目をしている。早く治らないかねー。発作のほうは前みたいに後ろにバタンと倒れる発作はなくなったけど、今度は硬直して倒れる発作がみられるようになった。手術前のことを思ったら倒れる発作はあっても少なくなっているので、少しずつ家の中を歩くようになってきた。

21日水曜日、今日は香名、車の中で久しぶりに鼻歌が出た。デイサービスに行っても自分から進んで何かをしようという気持ちになってきたと言う、本当にそうかもね。半年たった今、少しずつよくなってきたので少し安心した。

**11月**5日木曜日、夜よりトピナが1・0に減った。もうすぐ岡大病院に検査入院をしなくてはいけないのに、香名には入院のことがなかなか言えない。手術で入院した時に、もう入院しなくていいよと言ったものだから、まさか検査入院すると思わなかったので、どうしようとまた悩む。でも言わなくてはいけないよね。香名は入院のことは感じているみたいだ。私が話をしているのを聞いているので思い切って入院の話をする。「でも今度は2日だけ泊まるので、早く帰るからね」

ているものね。

と言い聞かせる。でも不安だよね、香名にとっては手術のことがトラウマになっ

8日日曜日、いよいよ今日検査のため岡大病院に入院する。何日か前からとても不安になっていた。でも何とか入院することができた。でも手術をしてもらった上利先生は研修のため1週間ぐらいいないとのこと、とても残念だ。香名は上利先生が大好きだものね。上利先生だったから香名は手術頑張ることができたのかもね!!

9日月曜日、今日で手術して7ヶ月になる。入院して今日はMRI検査をした、今回の入院は手術の時の上利先生と入院担当の若井先生がいないので、小児神経科の他の先生だった。初めての先生だったので、どうかなと思ったけど、何とかMRI検査をすることができた。16時過ぎ頃から検査に入った。とても遅くなってしまった。MRI検査の結果、手術そのものの経過は順調だと言われた。でも発作はまだ治っていない。今回の入院は2泊3日だけど、看護師さんも同じ人で

病室も同じで、先生はいなかったけど、入院した時には、「おうち帰りたい」と言ってたものの、だいぶ落ち着いて入院することができたのかなと思う。

ＭＲＩ検査をするために麻酔をして眠らせての検査なので、終わったあともよく寝ていて、20時頃起こして少し食事をしてまた21時頃からよく寝た。今回の入院中ごはんはぜんぜん食べることができなかったけど、おかずは何とか食べることができ、検査の結果順調だと言われ、これでひと安心する。

10日火曜日、朝10時頃お父さんが迎えにきてくれた。今回は退院を朝にした。少しでも早く帰ろうと思っていたので、ちょうどよかった。朝に退院して帰って、昼から大雨になった。前も退院の時に雨が降り今回も雨が降った。雨降って地固まると言うことわざがあるように、これで少しずつでもよくなるかも知れないよねー、いいえよくなってほしいよねー。３日間の入院生活も終わり、やれやれ、香名よく頑張ったね、お疲れ様。

14日土曜日、発作が少なくなってよかったと思っていたら、退院してからは大きな硬直発作があり倒れるようになった。

20日金曜日、朝5時55分頃35秒ぐらい全身けいれんあり。久しぶりだ、全身けいれんがきたのは。

27日金曜日、手術してもうすぐ8ヶ月になるというところで、手術前のような前にバタンと倒れる発作が今日は2回もあった。デイサービスに着いたところで前に倒れた。下がちょうどマットだったし、私が腕を支えていたので、ケガはなかったのでよかったけど、少しずつまた前のような発作が出てくるのだろうか、これから先も⁉

29日日曜日、先日は前に倒れる発作があったばかりなのに、今日はカクンとなり後ろにバタンと倒れる発作があった。手術前のような発作がないと喜んでいたのに残念。でも前ほどたくさんないからまだいいけど。でも硬直発作で倒れる発作もあるので安心はできない？　治らないとは言われていたけど、何で、どうしてという思いが、また出てきた。やはり徐々に発作も出てくるのだろうかねー。

**12月**9日水曜日、今日で手術して8ヶ月になる。月日が経つのは早いもんだね。もう手術して8ヶ月になるなんて！

10日木曜日、朝よりトピナ0・5に減る。

31日木曜日、今年も今日でいよいよ最後だ。まだまだ発作もありボーッとしていることも多く、今までできていたこともできなくて、手術前の香名にもどるのはいつになるかわからないけど、今年も何とか終わった。来年は発作もなく元気になれることを祈っています。

**２０１０年（平成22年）１月**1日金曜日、今年はどうかよい年でありますようにと初詣に行き、お願いする。でも毎年お願いしているかもね‼

16日土曜日、朝5時5分頃に全身けいれんが顔の左に。

18日月曜日、夜11時5分頃に40秒ぐらい全身けいれんがあり。めずらしいねー、この時間に全身けいれんがあるなんて、だいたいは朝方なのに？

23日土曜日、朝6時5分頃に40秒ぐらい全身けいれんあり。夜の薬トピナ0・5に減る。

24日日曜日、香名、朝熱が38度ある。昼寝をして夜には37・6度になる。明日は岡大病院に行かなくてはいけないのに熱があると無理かねー。

25日月曜日、検査入院後初めての岡大病院の日。手術してからは3回目だ。昨日熱が38度あったけど、今朝は37度に下がっていたので、無理して岡大病院に行くことにした。今日中止にしたら今度はいつ大塚教授の予約が取れるかわからないからだ。脳波の検査をする。熱が出てムコダインという薬を飲んでいるので、今回は寝ることができたので、脳波の検査もスムーズにすることができた。脳波をみる限り前みたいな発作はなくなっているようだと言われた。本当に前みたいにバタンと倒れる発作があるのはあるけど、少なくなってきたような気がする。でも、これはどうかわからないけど、手術をしてからは、よだれがずっと出ているので先生に言ってみたものの、先生にもよだれのことはよくわからないと言われた。それに検査入院してからは便が出ないのでこまる。あまりにも便が出ないので、今年になってからは週に2回浣腸をしている。でも香名しんどいだろうねー。全身けいれんがあるようになったのはトピナを減らしているからだろうと言われた。トピナを全部やめてしまったら今度はラミクタールという薬を飲むと言う。

**2月**7日日曜日、朝5時50分頃、50秒ぐらい全身けいれんあり。

9日火曜日、今日で手術して10ヶ月になる。一過性の後遺症が半年から1年あると言われていて、もう10ヶ月になるけどまだ続いているようだ。後遺症としてあるかもしれないと言われていなかったよだれが出たり、便が出なくなったりしている。でも倒れる発作は少なくなってきたようだ。

13日土曜日、熱39・5度あり。デイサービスよりお呼びがかかる。病院につれて行く。インフルエンザではなかったので安心する。

21日日曜日、熱も下がりやっと元気になる。久しぶりに長い熱だったねー。

24日水曜日、朝5時10分頃、50秒ぐらい全身けいれんあり。2回目夜21時20分頃、45秒ぐらい全身けいれん。夜に全身けいれんがあるなんて、トピナという薬を減らしているからだね。

28日日曜日、朝6時37分頃、25秒ぐらい声なし全身けいれんあり。

**3月**1日月曜日、朝2時45分頃、45秒ぐらい全身けいれんあり。

2日火曜日、朝の薬トピナ飲まなくなる。

3日水曜日、朝5時25分頃、50秒ぐらい全身けいれんあり。

5日金曜日、朝6時15分頃、15秒ぐらい全身けいれんあり。

9日火曜日、今日で手術して11ヶ月になる。今までできていて手術してできなくなっていたことが、少しだけできるようになってきたような気がする。ほんの少しだけどねー。あまりにも便が出ないので便の通りをよくするように2日か3日に1回浣腸したほうがよいと、便がたまるといけないからと、先生に言われたので、この頃2日に1回浣腸をするようになった。トピナを減らしてから全身けいれんが今年になってから何回もある。手術をして前年12月まではほとんどなかったので、やれやれと思っていたのにねー。

17日水曜日、朝6時55分頃、25秒ぐらい全身けいれんあり。

18日木曜日、夜の分トピナを飲まなくなる。トピナをやめてしまったら全身けいれん他の発作は、これからどうなるのだろうか。

20日土曜日、朝3時55分頃、45秒ぐらい声なし全身けいれんあり。

24日水曜日、朝5時45分頃、15秒ぐらい声なし全身けいれんあり。

29日月曜日、朝2時頃、40秒ぐらい全身けいれんあり。2回目夜23時25分頃、30秒ぐらい声なし全身けいれんあり。

**4月**1日木曜日、朝5時40分頃、30秒ぐらい全身けいれんあり。香名トピナを飲むのをやめたら毎日のように全身けいれんがきている。2回も全身けいれんがくる時もあるので、早く何とか次の薬を飲んで治まらないといけないねー、とてもしんどいよねー。

9日金曜日、手術して今日で1年になる。だいぶ手術前の香名にもどる。自分から散歩に行こうと言う。少しずつ意欲が湧いてきたみたいだ。1年たつのが早いねー。トピナを飲まなくなってからもう1年になる。全身けいれんがたびたびあるということは、トピナが全身けいれんには効いていたということだね。

11日日曜日、夜21時30分頃、40秒ぐらい全身けいれんあり。

12日月曜日、岡大病院に行く。大塚教授も「トピナが全身けいれんに効いていたのだろうね」と言われた。でもせっかくトピナをやめたのだから、今度は新しくラミクタールという薬を飲んでみて、最終的にはどちらにするか決めようと言われた。ラミクタールという薬は薬疹が出る可能性もあるので、気をつけてみているようにとのこと。でも全身けいれんを抑えるためには飲むしかないよ、ラミクタールという薬を。

13日火曜日、夜よりラミクタールを5㎎から飲み始める。

20日火曜日、ラミクタールを飲み始めて1週間になる。今のところ薬疹はないので安心だ。手術して1年たったら本当に手術前の元気な香名にもどった。よだれも流れるほどではなく少し少なくなったような気がする。でも便はやはり出ないので2日に1回浣腸をしている。

25日日曜日、夕方17時頃、1分ぐらい座ったまま全身けいれんあり。

26日月曜日、朝方5時10分頃、1分ぐらい全身けいれんあり。

30日金曜日、ラミクタールという薬を飲み始めて2週間が過ぎたけど、今のところ薬疹はないので、やれやれだ。これで全身けいれんで倒れる発作もなくなればよいのにね。4月に入ってから倒れる発作が本当に少なくなったような気がする。たまに倒れるけど、カクンとなる発作が1日1回ぐらいの日もあり無い日もある。たぶん気がつかないのだろうと思うけど、本当に手術してよかったね。しんどい思いをしたけどね!! でも時々夕方に全身けいれんがくる時がある。今までだったら朝方寝ている時に全身けいれんがあったのでケガをすることもなかったから安心していた。ところが、昼とか夕方に全身けいれんがあると、ケガをするかも知れない不安がある。でも本当に倒れる発作が少なくなったので、よかった。やれやれだー。このまま倒れる発作がなく元気で過ごすことができるといいのに。

**5月**1日土曜日、朝5時25分頃、30秒ぐらい全身けいれんあり。

4日火曜日、朝6時25分頃、1分10秒ぐらい全身けいれんあり。

6日木曜日、朝6時15分頃、40秒ぐらい全身けいれんあり、ここのところたびたび全身けいれんがくる。まだラミクタールを飲み始めたばかりなので薬が効いていないのかもね？

13日木曜日、今日は福山の病院に行く日だ。ラミクタールを飲み始めて1ヶ月になる。今のところ発疹はないのでラミクタールをまた増やすことにしようとのこと！　最近また、カクン・バタンと後ろに倒れる発作がある。でも前のことを思ったら本当に少なくなっているけど、1年たってから倒れる発作が出てきたのだろう。

15日土曜日、今日の朝よりラミクタール5㎎に増やして飲み始める。どうか薬が効いて全身けいれんもなくなりますようにと祈るばかりだ。

19日水曜日、体調が悪くなりお昼に食べたものを全部もどしてしまった。熱は37・9度に上がる。でも夜には熱も下がり元気になったので、ほっとする。

20日木曜日、昨日もどしたのでどうかなと思ったけど、今日はもどすこともなく熱もなく食欲もあり元気なので、ひと安心する。

22日土曜日、今まで便が出なくて2、3日に1回浣腸していたのが、今日は自力で便がたくさん出た。これからは浣腸なしで自力で便が出るといいのにね。今まで大変だったよね、とてもしんどかったよね。本当によかったよね、よく頑張ったよね、心からお母さんは思うよ‼

29日土曜日、朝5時5分頃、1分ぐらい全身けいれんあり。久しぶりに全身けいれんがきた。どうしたのだろうか？

30日日曜日、朝5時55分頃、1分30秒ぐらい全身けいれんあり。今回のはかなりひどいけいれんだった。続けて全身けいれんがあるなんて。

**6月**1日火曜日、朝8時12分頃、手と顔だけけいれんあり。この時間にけいれんがあるなんて、おかしいねー、座っていたので倒れることもなく治まったのでよかった、ケガもなくて!!

2日水曜日、朝3時30分頃、1分30秒ぐらい全身けいれん、今回もかなりひどい全身けいれんだった。

5日土曜日、朝4時30分頃、1分15秒ぐらい全身けいれんあり。

7日月曜日、朝5時45分頃、1分10秒ぐらい全身けいれんあり。ここのところ全身けいれんが多いねー、どうして、何でなの、という思いがする。けいれん時間も長いし本当にどうしたのだろうか。

24日木曜日、福山の病院に行く。ラミクタールをまた増やすことになった。

26日土曜日、朝4時55分頃、1分ぐらい全身けいれんあり、2回目7時35分頃、1分ぐらい全身けいれんあり。今日は続けて2回もけいれんがくるなんて、しんどいねー。何とかならないのだろうか?　朝よりラミクタール10mgに増える。

**7月**1日木曜日、朝6時15分頃45秒ぐらい全身けいれんあり。5月に便が自力で出るようになってからは2日に1回ぐらい便が自力で出るようになったので、これで便のほうはひと安心する。

もう浣腸しなくてもよくなったので本当によかったね。しんどい思いをしたけどね。ひとつこれでクリアしたかな。よだれもだいぶ治まってきたものの、まだ波がある。

3日土曜日、朝6時30分頃、1分25秒ぐらい全身けいれんあり、ラミクタールを増やして飲んでもなかなか全身けいれんが治まらないよ、何で⁉

6日火曜日、朝4時35分頃、30秒ぐらい全身けいれんあり。

12日月曜日、岡大病院に行く。頭の手術のキズはきれいに治っているとのこと、よかったねー。倒れる発作は少なくなり、よだれも少なくなり調子はいいのだけど、朝方になると全身けいれんが月7回ぐらいあり、時間も前は30秒ぐらいが多かったのに、最近は1分30秒ぐらいと、けいれんが長いので、しんどいねー。全部治ることはないとはいえ、全身けいれんの1分30秒ぐらいがたびたびくると、本当にしんどいと思う。ラミクタールがまだ少しなのでもう少し増やすことになった。今まで岡大病院での脳波の検査は相変らずと言われていたのに今回は発作が多いとのこと。検査中寝ることが多くて、しっかり起きているところが少ないからかも知れないと言われた。今までは、起きている時間が多かったらね。この度のように検査中寝ることは少なかったものねー。何はともあれ便が出るようになり、よだれもなくなり（波はあるけど）本当によかったね。手術をして1年と3ヶ月やっと元の元気な香名にもどりつつあり、いいような悪いような、何とも言えない気持ちである。口が元気なのには疲れるよ。

23日金曜日、今日は香名22歳の誕生日だ、おめでとう。何とか1年倒れる発作も少なくなり元気で22歳を迎えることができて、よかったね!!

でもお母さんは本当に喜んでいいのか、とても迷っているよ。まだ辛い苦しい日々を送っているからね。

29日木曜日、ラミクタール朝より15㎎に増える。

30日金曜日、朝6時27分頃、1分20秒ぐらい全身けいれんあり。

**8月**18日水曜日、朝6時25分頃、35秒ぐらい全身けいれんあり。今年の夏は異常に暑いようだ。

19日木曜日、福山が全国で1位、最高気温38・3度だった。どおりで暑いはずだ。

26日木曜日、朝よりラミクタール20㎎に増える。ラミクタールを増やしているものの、なかなか全身けいれんが治まらない。

**9月**6日月曜日、15時30分頃、口だけ2～3秒けいれんあり。

手術のため入院してから香名の体重も減っていたのに、やっと40kgに増えてきた。今度はあまり体重が増えると発作で倒れた時の刺激が大きいので、あまり増やさないようにしないといけない。食べられるようになったらなったで、こまるしね。大変だね、お肉大好きな香名にとっては。

19日日曜日、熱が昨日37・9度あったかと思ったら、今日はほほの所がはれてきた。病院につれて行く。ウイルス感染かも知れないと言われた。今までこんなになったことがないのに、やはり体が弱っている時にはいろいろな病気になるのだろうか。

22日水曜日、朝3時42分頃、30秒ぐらい全身けいれんあり。

25日土曜日、朝4時10分頃、全身けいれんあり、結局細菌感染だとのことで一週間デイサービスを休んだ。熱はなく元気なのでストレスが溜まり大変だった。

29日水曜日、朝4時50分頃、30秒ぐらい全身けいれんあり。

**10月**7日木曜日、朝4時45分頃、45秒ぐらい全身けいれんあり。

9日土曜日、手術して1年6ヶ月になる。まだまだ全身けいれんが多い。倒れる発作は少なくなってきたものの、多い日と少ない日があって波がある。いつになったら全身けいれんがなくなるのだろう。一過性の後遺症はほとんどと言っていいほどなくなったような気がするけど。

18日月曜日、今日は岡大病院に行った。いつものように脳波の検査をする。1年6ヶ月たったら元の香名にもどってよく食べるようになったと、口も本当に元気になり私自身ついていかれないぐらいだ。でも考えたら、おとなしいより元気でよく食べるほうがいいのかもね。

27日水曜日、久しぶりにカクンとなり後ろに倒れる発作があり頭を打つ。夜頭が痛いと言う、大丈夫だろうか、心配になる。様子をみることにした。

28日木曜日、昨日発作で倒れて頭を打って、痛いと言ってたけど大丈夫だったので、やれやれほっとする。何しろ頭のことだし、香名本人がよくわからないので何かあったらとひやひやする。でも何ともなかったので本当によかった。

**11月**13日土曜日、ラミクタール夜より25㎎に増える。朝と夜飲んでいるので1日50㎎飲むようになった。少しずつラミクタールを増やし始めてから今のところ全身けいれんは落ち着いているような気がする。せめて全身けいれんがなくなればでもしんどさがちがうのにねー。でもまだいつ全身けいれんが起こるかわからないよね、治った訳ではないのだから!!

30日火曜日、熱が38・8度もある。病院につれて行く。

**12月**1日水曜日、昨日に続き熱が40度近くあるので、今日も病院につれて行く。検査してもらったらインフルエンザではなかったので安心したものの、なかなか熱は下がらない。

2日木曜日、今日は熱が38・4度に下がったものの、こんなに熱が下がらないなんてめずらしい。元気な時だったら高い熱が出ても1日で治っていたのに、発作が起きるようになって薬を飲むようになってからと言うもの、本当に体が弱ってきた。車いすになってからでも体を動かすことが少なくなったので、体力がなくなってきたのだろうと思う。

4日土曜日、熱も下がり、やっと元気になり食べるようになったので、ひと安心、長かったね。この前も1週間ぐらい体調が悪くなり、このたびも1週間。発作のない時の香名だったら考えられないよね、1週間も体調が悪くなるなんて。

7日火曜日、朝6時50分頃、1分20秒ぐらい全身けいれんあり。久しぶりに全身けいれんがあった。落ち着いていたので安心していたのに、熱が出たあとだから全身けいれんがきたのだろうね。

10日金曜日、朝5時30分頃、30秒ぐらい全身けいれんあり。

11日土曜日、朝7時15分頃、45秒ぐらい全身けいれんあり。また続けて全身けいれんがくるなんて、しんどいねー、いつになったら全身けいれんが治るのだろう。せめて全身けいれんだけでも治りますようにと祈っている。毎日毎日、今日は全身けいれんがありませんようにと祈ってはいるものの、神様も仏様もいないのかと思うぐらいだ。なんで香名がこんな目にあわなくてはいけないのだ!!

今日夜からラミクタールが30㎎に増える。1日60㎎になる。こんなに増えたのだから全身けいれんは治ってよ、と言いたい気持ちだ。

13日月曜日、朝6時頃、40秒ぐらい全身けいれんあり。

31日金曜日、今日で今年も終わりだ。なかなか全身けいれんが治らない、いくら薬を増やしてみても。いろいろあった1年、よだれも治ったり出たりしているものの、手術したあとほどではないので、よしとするか。それに排便が自力でできるようになったことは嬉しいことだ。これもよしとするか。いよいよ今年も終わりを迎える。来年こそは全身けいれんもなく倒れる発作もなく、元気で過ごせる1年でありますように、と祈るばかりだ。

**２０１１年（平成23年）１月**1日土曜日、いよいよ今年が始まった。どうか発作もなく元気で過ごすことができますようにと初詣に行く。何とか今日は一日元気で過ごすことができたので感謝する。

2日日曜日、夕方、香名、熱が37・2度ある。何で？　やばい。これは熱が上がるかも知れない。お正月で病院は休みなのにと思った。どうしよう。

3日月曜日、とうとう熱が39・7度に上がってしまった。当番医では無理だし、フロモックスがあるのでそれを飲ませて様子をみることにした。とんぷくもあるので、それも飲ませたら37・7度まで下がったので安心したら、夜また熱は38・5度に上がった。

4日火曜日、朝37・2度に下がっていたのに、病院につれて行った時には39・4度まで上がっていた。でもインフルエンザではないとのことで、ひと安心した。

8日土曜日、熱が上がったり下がったりしながら、やっと治った。今回も長かったねー。もしかしたら高い熱が出たということは、のどからきているのかも知れない。昨年暮れ頃しゃべりかたがおかしかった。何か口の中にこもっているような、しゃべりかたをしてたものね。

12日水曜日、朝5時40分頃、45秒ぐらい声なし全身けいれんあり。香名の体に湿疹のようなものが少し出ているけど、何だろう。今頃になってラミクタールを増やした薬疹が出だしたのだろうか⁉ 昨年12月13日にラミクタールを60㎎に増やしてちょうど1ヶ月ぐらいになるからね。薬疹だったら、どうなるのだろうか？

14日金曜日、朝バタンと倒れたのでビックリした。手術前にたびたび起こしていた発作だ。何か久しぶりに家で倒れたような気がする。だいたい座っている時に倒れていたので、立っている時に倒れるなんて。でもケガがなくてよかった。ちょうどいいように、マットの上に倒れたので本当によかった。でも毎日ひやひやしなくてはいけない。しんどさで精神的にもまいってしまうよ!! 熱が下がったと思ったら、鼻水が今度は出だして、なかなかとまらないし、湿疹もひどくなったような気がするので、リンデロンをつけて様子をみることにした。もう少ししたら岡大病院に行くからね。今病院につれて行っても、インフルエンザをもらって帰ってもこまるものね、岡大病院に行かれなくなるものね⁉

20日木曜日、朝5時40分頃、10秒ぐらい全身けいれんあり。鼻水のほうは治ったので、やれやれだ。

21日金曜日、朝2時45分頃、10秒ぐらい全身けいれんあり。

24日月曜日、今日は岡大病院に行く日だ。小児神経科と脳外科に行く。脳外科では、手術をした所は問題なくきれいに治っている、と言われた。小児神経科に行く。体の湿疹をみてもらったら、たぶん薬疹ではないと思うとのこと。でも念のため皮膚科でみてもらうことになった。

皮膚科の先生が薬疹ではないと言われたので、ほっとした。薬疹だったら体全体に湿疹が出るが香名は部分的に出ているので、「たぶん下着のせいではないだろうか」と言われた。アンテベートという薬をもらって、つけることにした。

脳波の検査をする。やはり波があるとのこと。今回も寝てくれたので検査がスムーズにできた。検査中にも3回ぐらい発作があった。よくみないとわからないぐらいの発作だ。湿疹が薬疹ではなかったし、まだ全身けいれんがあるので、もう少しラミクタールを増やすことにしよう、とのこと。ラミクタールを増やして本当に全身けいれんが治るのだろうか？　ラミクタールを飲み始めて今9ヶ月になるけど、全身けいれんの時間はたしかに短くなったように思うけど、薬ばかり増やして先はどうなるのだろうか、とても不安になる。

30日日曜日、体の湿疹がアンテベートをつけたら治った。よかった。

**2月**3日木曜日、15時30分頃、朝薬を飲ませるのを忘れたことに気がついた。どうしよう、もう少し早く気がついていればデイサービスに持って行くことができたのに、と思いつつ、とても不安になる。16時頃デイサービスに迎えに行く。いちばんに発作のことを聞く。今日は発作はなかったとのこと。よかった。やれやれ、ひと安心した。

16時30分頃、帰ったらすぐ薬を飲ませた。今のところ大きな発作がないので本当に安心した。毎日バタバタしているとはいえ、薬を飲ませるのを忘れるなんて。

4日金曜日、朝4時25分頃、1分ぐらい全身けいれんあり。やはり昨日薬を飲ませるのを忘れたので全身けいれんがあった。それも1分と長かった。やっとけいれん時間が短くなってきたと思ったばかりなのにね。香名ごめんね、本当にしんどかったね。

5日土曜日、いつものように迎えに行くと、「今日フジグランに行った。隣のマックスにも行った」と自己報告をした。もう完全に手術前の香名にもどったな、と思った。手術する前は、いつも迎えに行くと帰りの車の中で今日あったことを話してくれた。香名の言葉がはっきりしないので、私がちがうことを言ったら、ちがうとはっきりと言って、私が言ってることが合うまで、ちがうちがうと言う。そんな会話をしながら家に帰れる日がきた。

10日木曜日、福山の病院に行く。今回は私ひとりで薬だけをもらいに行った。できれば香名をつれては行きたくない。今インフルエンザが流行しているからね。もし香名がインフルエンザになってもこまるものねー。岡大病院の大塚教授の手紙をもって行く。発疹が治ったら薬を増やすことになっているので。

13日日曜日、今日からラミクタールを1日70㎎に増やすことになった。1ヶ月して3月にはまたラミクタールを1日80㎎に増やすことになる。80㎎に増やして様子をみて4月には岡大病院に行く予定だ。先生はラミクタールを80㎎まで増やしても大丈夫だと言うけれど、こんなに薬を増やして発作が治るのだろうか、とても不安になる。

**3月**13日日曜日、今日よりラミクタールが80㎎に増える。この頃になると全身けいれんもほとんど出なくなった。ラミクタールが効いてきたのだろう。本当によかったね。せめて朝方の全身けいれんがなくなれば、少し香名の体もしんどさがちがうものね‼　鼻水とせきが出だした、どうか熱は出ませんように⁉

14日月曜日、元気がよくなり、よく食べるようになり、何とかデイサービスに行ったと思ったら、熱が37・8度あると、呼び出しがかかった。とうとう熱が出たか、と思った。でもどうか熱が下がりますようにと祈った。

15日火曜日。小児科に連れて行く。インフルエンザB型だと言われた。え、うそ、何で、という気持ちだ。7年ぶりだねー、インフルエンザに患ったのは。7年前発作が始まって体が弱っていた時にインフルエンザになった。また今回も手術で体が弱っている時になった。でも予防注射をしていたので早く治ってよかった。

22日火曜日、夕方18時15分頃、1分30秒ぐらい全身けいれんあり。

23日水曜日、朝6時35分頃、1分10秒ぐらい全身けいれんあり。ここのところほとんど全身けいれんがなかったのに、やはりインフルエンザになったせいかもねー。

24日木曜日、朝めずらしく、「今日デイサービスお休みする」と香名が言った。どうしたのだろうか、続けて全身けいれんがきたので少し疲れているのだろうね。休んで1日ゆっくりすればいいと思い、休ませることにした。12時過ぎ頃から夕方17時頃まで寝ていたので、やはり疲れていたのだね。夜食事をして、明日はデイサービスに行くと言ったので、ひと安心した。

**4月**9日土曜日、手術して2年になる。早いもんだねー。発作も少なくなり本当によかった。デイサービスの職員さんに、つくし取りに連れて行ってもらった。発作がなかった時には時々つくし取りに連れて行ってた、大好きだからね。喜んで帰って自分でフライパンでつくしをいためて食べていたものね、美味しいと言って。でも今は料理をすることはできなくなってしまったけどね。

10日日曜日、香名の大好きないちご狩りができる所が近くにあったので、初めて連れて行った。今日はお天気もよくて最高の日だ。初めての所なので、どうなるだろうかと思った。ハウスの中まではスムーズに入ることができたけど、いちごを取ってもひとつしか食べることができなかった。不安になりながら、でもいちごにかこまれて少しの時間だけど楽しく過ごすことができた喜び、思い出になるだろう。体調もだいぶよくなってきたので、今年は少しずついろいろな経験をさせようと思う。

29日金曜日、ヘルパーさん2人と電車に乗って福山の町まで出かけることにした。何年ぶりだろうか、電車に乗って町まで買い物に行くなんて。とても楽しそうに帰ってきた。いろいろと話をしてくれた。

**5月**6日金曜日、朝熱は36・7度だけど、もしかしたら熱が出るかも知れないと思った。デイサービスに行く途中車の中で、「香名お休みするのだったらこのまま帰るよ」と私が言ったら、香名が行くだけ行ってみると言う。私はおかしくて大笑いした。でも熱もなく元気に過ごすことができてよかった。

15日日曜日、ラミクタール90㎎に増える。

20日金曜日、最近言葉がハッキリしない。口の中でこもっているような話し方をするので、何を言ってるかわからなくて、何度も聞き返すことが多い。私が香名が言ってることとちがうことを言うと、ちがうちがうと言うので、わかってもらえない辛さが香名にあるのだろうねー。手術後、言葉はもどっていたと思っていたのに、どうしたのだろうか⁉


**6月**10日金曜日、デイサービスの職員さんと散歩に行ったら、香名が歩くのが速いのでついていけないとのこと。それだけ元にもどって元気になったと言うことかも知れないねー。

12日日曜日、ラミクタール100㎎に増える。

26日日曜日、夕方久しぶりに倒れる発作があり、頭にすりキズができる。でも前のように〝カクンバタン〟と後に倒れるような発作がなくなって、ほとんど倒れなくなってきた。

**7月**23日土曜日、今日、香名、23歳の誕生日。いろいろあったけど、おめでとう。施設での夏まつりがあり参加する。美味しいものを食べ楽しいひと時を過ごす。

25日月曜日、岡大病院に行く。最近よく食べるので太ってきた。やばい。あまり太りすぎると倒れた時負担が大きすぎるし、糖尿病になってもいけないとのこと。でも香名の楽しみは食べることだけだしね。だからと言って、むやみやたらに食べさせる訳にもいかないし、困ったもんだ!! お肉大好きな香名だけど野菜をたくさん食べるようにしようね。我慢してよね。

27日水曜日、ラミクタールが110㎎に増える。

**9月**8日木曜日、足の親指や肩やおしりなど他にもいろいろと皮膚炎があるので、みてもらったら全部尋常性乾癬とのこと。頭だけではなかったのだ。薬をつけると治るけど、治ったと思い薬をつけるのをやめると、またひどくなりの繰り返しだ。一生この皮膚炎ともつきあわなくてはいけないと思うと、辛いねー。

10日土曜日、ラミクタールが120㎎に増える。ラミクタールがどんどん増えて行く。

**10月**2日日曜日、施設での運動会が地元の中学校を借りて行われた。今日はお天気もよくて運動会日和だった。

今まで運動会は車いすでの参加だった。3歳から毎年休むことなく運動会に参加していたのに、昨年は体調が悪くて初めて参加することができなかった。術後の体調がよくなくて本当に残念な気持ちでいっぱいの運動会だった。でも今年はちがう。体調もバッチリ、術後発作はまだあり、倒れる発作もあるけれど、倒れてもいい。今年はせめて走る時だけは車いすでの参加ではなくて、思い切り走らせようと思った。自由にひとりで走らせる訳にはいかないので、職員の人に支えてもらい、いっしょに走ってもらった。どうか発作で倒れませんようにと、ひやひやしながら祈る思いで見守っていた。やったー走った、久しぶりだ。何年ぶりだろうか。思い切って走った香名の姿、20m走り切った時のその笑顔、とても嬉しそうだった。2回目の競技は「枯木に花を咲かせましょう」だった。サイコロを振って、出た数だけ花を持って走って行き、木に咲かせて帰る競技だった。順番が来るまで車いすで待っていた時に発作がきた。どうかこの発作が早く治まりますようにと祈っていた。

何とか順番が来るまでに発作も治まり、職員の人に支えられて、車いすではなく香名の足で、競技に参加することができた。あとはもう車いすでの参加だった。走っている間は発作もなくて、今年は本当に走らせてよかったと、心からそう思った。帰りの車の中で、「走ったね！　お弁当を食べたね！　楽しかったね！　また行こうね」と言った香名の言葉！　職員の人に支えてもらって楽しい運動会を過ごしたことは、香名にとっては忘れることができない一日になったと思う。夜、興奮してなかなか寝ることができなかった。本当に本当に楽しい一日だった。

職員の方々、ありがとうございました。

来年もきっとまた走ることができるように祈っている。

10日月曜日、今年2回目、電車に乗って福山の町まで買い物にでかける。無事に行ってくると、とても嬉しそうに帰って来た。買ったものをみせてくれて楽しそうに話してくれる。

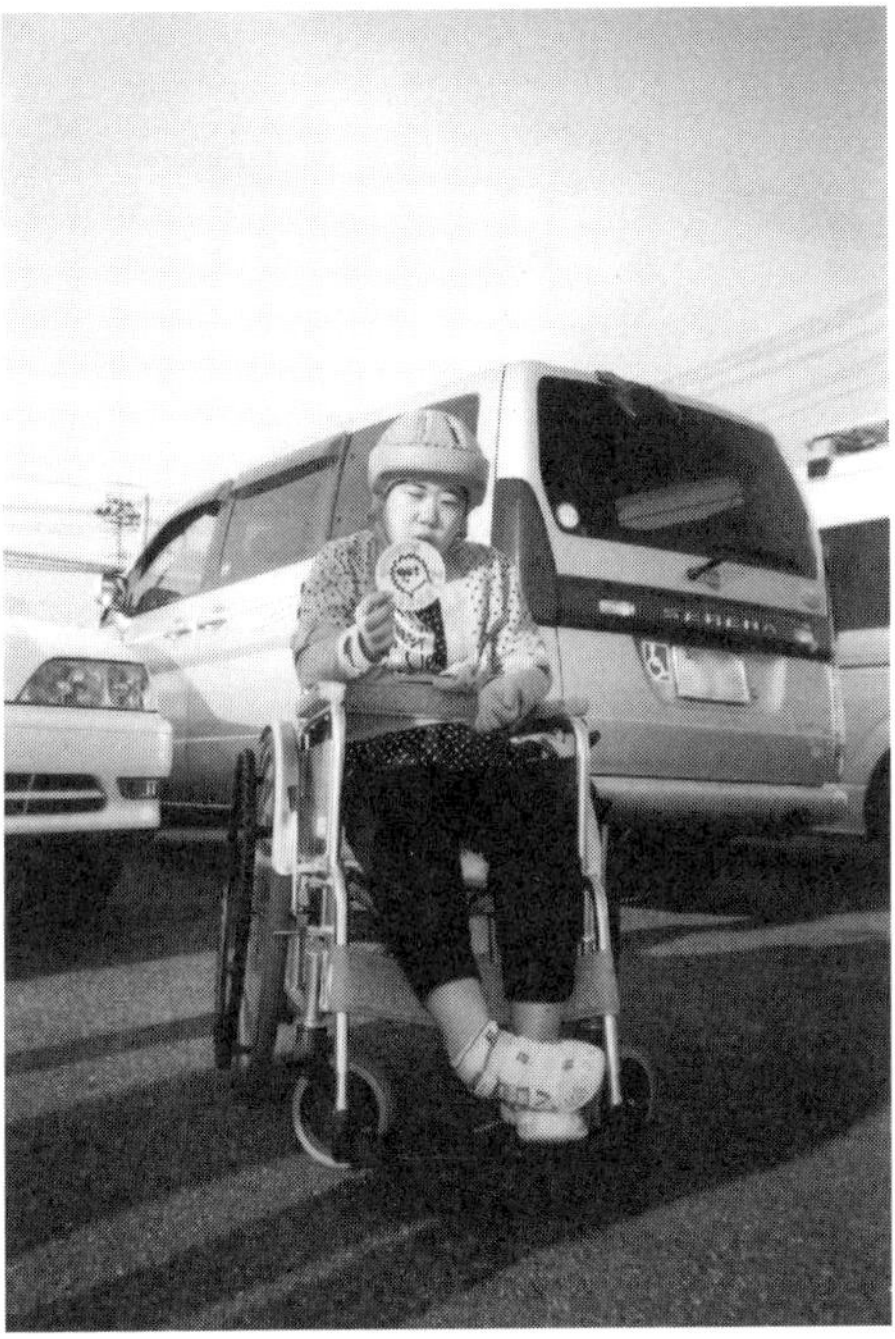
じっぺいちゃんのシールをもらった

16日日曜日、「ZIP！」スマイルキャラバンのダイスケさんとじっぺいに会えた。わが工場にやってきた。17日から広島県に入るとテレビで言っていたけど、まさかわが工場に来るとは夢のようだった。香名は、何でテレビでみるじっぺいちゃんがここにいるのだろう、という思いで見ていたものの、いつもテレビに出ると「じっぺいちゃん出たよ」と言って、じっぺいが大好きでよく見ていた。家に帰ってからは「じっぺいに会えたことがとても嬉しかったようだ。あくる日からテレビをみると、じっぺいちゃん、父さん会社来たねー。また来る?」と聞く。じっぺいに会えたことが本当に嬉しかったのだね。

24日月曜日、岡大病院に行く。今日はわりと早く寝ることができたので、脳波の検査をするのがスムーズにできた。ここ数ヶ月ほど全身けいれんがないので、ラミクタールを増やすことなく今の量そのままで飲むことにしようとのこと、よかった。これ以上増えるとますます大変になる!!

11月6日日曜日、今日施設でのコンサートだ。今年は雨で外での行事もなくて残念だ。今までのコンサートは客席から聞いていた。最初はいやがっていたものの、今年は何とか舞台に上がることができた。歌っている間は発作もなく無事2

曲歌うことができた。歌うことの大好きな香名は満足した顔で舞台から降りてきた。またひとつ挑戦することができて本当によかったね。

22日火曜日、施設から親子1泊2日旅行、今年初めて参加した。小豆島にバスと船に乗って行った。香名は生まれて初めて船に乗った。施設の人達でも知らない人がほとんどだった。かなり不安になっている様子がよくわかる。夜の宴会ではごちそうがいっぱい出たけど、まあまあ食べたかな？　施設といっても作業所、グループホーム、デイサービスとたくさんの人達が通っている。その中の香名はデイサービスだ。前に出て紹介をする時、マイクを向けられると、「楽しいです」とちゃんと香名は答えていた。

23日水曜日、昨日に続き今日も見学をする。香名は買い物するのが大好きなので、行く所行く所で目移りしながらいっぱい買い物を楽しんだ。初めてのことで不安になりながら、でも楽しい旅行になった。またひとつ思い出を作ることができたね。帰ってから、猿と犬が頭の中からはなれることがなかったようだね。猿が逃げないようにと、ところどころで犬をつないでいたのでね。

**12月**11日日曜日、デイサービスで今年最後の楽しいイベント、クリスマス会鍋パーティーがあり参加した。朝から、「ケーキ作ったケーキ作った」と言っていると思ったら、昨日職員の人といっしょに香名もケーキを作ったとのこと、本当にケーキを作ったのだねー、楽しかったのだね、ケーキ作りが。ビンゴゲームではとてもかわいいスリッパとコップが当たり、うれしそうにしている。鍋パーティーがはじまる。少し食べると、もうごちそうさまと言う。昨年はたくさん食べたのに、どうしたのだろうと思い、「ケーキも食べないの」と聞くと、ケーキは食べると言う。昨日作ったケーキが気になって鍋物が食べられないのだね、と思った。ケーキをもらうと美味しそうに全部あっというまに食べてしまった。

帰りの車の中で、「ケーキ美味しかったね。クリスマス会またある?」と聞く。本当に本当に今日も楽しいひとときを過ごすことができたのね。来年もまたクリスマス会に参加しようね!!

今まで8年間、辛く苦しい思いをしてきた娘は、今までできなかったことを、今年は少しずつひとつずつ挑戦できた。その喜び、嬉しさ。デイサービスに行く途中運動会をした中学校が見えると、○○中学校また行こうね、と毎回今でも言っている。テレビでじっぺいが出ているのを見ると、「じっぺいちゃん、父さん会社来たね。また父さん会社に来る?」と毎日今でも言っている。「じっぺいちゃん、父さん会社もう来ないよ」と言うと、「じっぺいちゃん、また来てほしいな」と言った香名。そうだね会えるのならもう一度会いたいねー。運動会で走ったこと、じっぺいに会えたこと、よほど嬉しかったのだろうね。一生忘れることのできない思い出になったね。

ダイスケさんのCDを毎日車で聴いていると、香名は歌い出した。香名は歌うことが大好きなので、字は読めなくても耳で歌詞を覚えてしまう。今年は香名にとってうれしいこと楽しいことがたくさんあった、最高の年になったのではないだろうか。来年もまた少しずつひとつずつ挑戦して、できることが増えるといいな、と思っている。

途中から、てんかんの発作が起きるようになり、多い時では1日80回から100回ぐらい発作があり、朝方は全身けいれん、昼は倒れる発作もたびたびあり、ガラスを何回も割っては頭をケガして縫ったこともある。前歯を折ったこともある。ケガがたえなくなり24時間目が離せなくなって8年になる。この8年間はとても辛い苦しい8年間だった。私は何度となく、香名を生まなければ香名がこんなにつらい思いをすることもなかったのに、と思った。香名と一緒に死んだら楽になるのにと思ったことも、何度もある。発作が起きるようになってからは、てんかんの発作以外にも体のいたる所が皮膚炎になり、薬をつけると治るけど、治ったから薬をつけるのをやめると、また皮膚炎がひどくなる。皮膚炎とも闘っている香名、ごめんね、と私は謝るしかない。

脳梁離断という手術をして、3年になる。一過性の後遺症も治り発作以外はとても元気な香名になった。何が原因でよだれが出ていたのかわからなかったのが、

1年半ぐらいしたら、よだれもピタッと出なくなり体も元気になったけど、口ものすごく元気になり私は口で負けている。食欲旺盛で今度は太らないかと心配になる。悩みに悩んで手術して、どうなるのだろうかと思っていたけど、手術してよかったのかも知れない。大塚教授に手術を勧めてもらいA先生に背中を押してもらい、上利先生に手術してもらい、他の先生方や看護師さんに支えてもらって。てんかんの発作が一生治らないかも知れないけど、これから先発作とちゃんと向き合い、闘い続けて生きていかなければいけないと思う。

今4種類の薬を飲んでいるので朝夕が大変だ。だから少しの薬を飲んで、てんかんの発作が治るようになることを期待している。

私は香名を生んだおかげで私自身がとても変った。香名とともに成長したと思っている。香名を生んでよかったのかも知れない。今ではそう思っている。香名といると大変なことはたくさんあるが、でも笑うこともたくさんある。この8年間の苦労がむくわれますようにと祈るばかりだ!!

先生方、本当にありがとうございました。

てんかんという病気を何も知らなかった私は、何で、どうして、という思いが強く、どうしてよいかわからなかった。てんかんの病気がある人が全国には100万人いるのだと聞いた。香名のように障害があり、てんかんがある人は車の運転をすることはないが、健常な人でてんかんの病気をもっている人達が運転することは問題になっています。福山でも事故がありました。どうか少しでもてんかんという病気を、そして香名のような障害を理解していただけるとうれしいです。

この8年間いろいろあった。辛くて泣いたこともあった。死んだら楽になるのにと思い、「香名、母さんと一緒に死のうか」と言ったこともあった。でも香名が、「香名ちゃん死にたくない」と言ったので目がさめました。脳梁離断という手術をして発作が少なくなり、ケガもなくなり、長い道のり、やっとここまでたどり着きました。病院の先生方、学校の先生方、デイサービスの職員の方々、他の人達に支えてもらったこと、本当にありがとうございました。これからも少しずつでも娘といっしょに、前向きに生きていこうと思います。

**著者プロフィール**
**藤井 洋子**（ふじい ようこ）
1950年1月、岡山県笠岡市生まれ。
1965年3月、笠岡市立金浦中学校卒業。
現在、夫の会社（有）藤井琴製作所を手伝う。

## 香名とともに泣いて笑って23年

2012年6月15日　初版第1刷発行

著　者　藤井 洋子
発行者　瓜谷 綱延
発行所　株式会社文芸社
〒160-0022 東京都新宿区新宿1－10－1
電話 03-5369-3060（編集）
03-5369-2299（販売）

印刷所　神谷印刷株式会社


ISBN978-4-286-12149-9